U0689791

山雨潇潇急。
晚秋风、捎寒折柳，柏松淅沥。
灯下翻开书一卷，摇起三支兰楫。
细细读、圈红走笔。
水调歌头声韵捉，对沁园春里长长笛。
漱玉句，积床席。

窗耕吟稿催人逸。
启思流、奔腾入海，梦帆空碧。
几曲狂歌涛上唱，自蹈波光浪迹。
功不到、频频借力。
阅尽青诗谙今古，感岁月如刀衷衷逼。
天晓白，是何夕？

流歲词草

◎蒋志华 著

浙江大学出版社
ZHEJIANG UNIVERSITY PRESS

步月随草
蒋志华 著
九峰闲草
蒋志华 著

流歲詞草

張充和題

涂業詞草

翁志飛詞集

翁卫麟篆刻

含英咀华　积健为雄

张浚生

摆在我面前的是蒋志华同志的《流岁词草》打印稿。词集共收词牌八十三调，计词二百零三首。他先后曾出版过三本诗集：《清风吟草》、《步月随草》、《九峰闲草》，我都拜读过。这本《流岁词草》是他的收官之作。所不同的是前三本是诗词集，这一本是词集。

周汝昌先生曾说："我国诗词是中华民族的汉字文学的高级形式。"在我国文学史上，最古老的诗歌集是《诗经》。历代文人雅士写下了大量诗篇，最繁荣的时期是在唐朝。我国文学史上有唐诗、宋词、元曲、明清小说的称谓。词兴于隋唐，最盛时期则在两宋。词是长短句的诗体，与四言、五言、六言、七言的古诗不同。由于词多配以音乐，要便于歌唱，因此除了欣赏它所表达的思想感情的意境美之外，还要欣赏其表达意境中遣词用字的格调美。

清代刘熙载说："诗品出于人品"，为诗为文都要以作者的思想品行作为根本，也就是说从诗词中可以看到作者的思想境界和精神品格的不同。在宋代，许多词人都有艺术水平很高的佳作，但是苏轼、陆游、辛弃疾、陈亮等词章的思想感情和精神境界在姜夔、吴文英的词章中是看不到的。

蒋志华同志长期从事金融事业，勤勤恳恳，兢兢业业，一心扑在工作上。农业银行姓农，他心系农民、农村、农业。在县（市）农行工作时，他主动把银行办到农村去，办到乡镇去。为了帮助农民解决生产中需要资金的困难，他不辞辛苦，翻山越岭把钱送到农民手中。他对工作深入钻研，精益求精。早在上世纪末他就在银行中率先创建办公自动化管理信息系统，使管理工作快速、便捷、高效和便于信息储存、查找。在浙江农业银行应用后，还在全国农业银行推广使用。经浙江省委、省政府有关部门推荐，还被邀请到国务院办公厅进行演示，并得到充分肯定，其中不少技术得到推广应用。他在省政协和省政府咨询委的工作，可以说是发挥余热，他也是尽职、尽责、尽力。打开中华人民共和国中央人民政府网站，至今还可以看到他提出的有关改革医疗制度的建议。

在如此繁忙的工作中，蒋志华同志还是不断刻苦学习，丰富自己的知识，并积极创作诗词。这是一种高尚的精神境界和高雅的情趣，正所谓

“腹有诗书气自华”。他年轻时是在艰苦的生活环境中走过来的。他生长在农村，幼年失怙，由母亲辛苦耕作抚养成人。上中学时经常要走十多里的沙石路，才能到达学校。为了减轻母亲的负担，还不舍得穿上鞋，光着脚走。就是在这艰苦的环境中，锻炼了自己的意志，也十分珍惜来之不易的学习条件。在学校中取得了优异的成绩，打下了良好的基础。这也为他尽管不是文科专业出身的人，却能创作出这么多的优秀诗词，还在“中国梦·劳动美”全国职工诗词创作大赛中获得了三等奖。

相对于诗而言，词的规则更多。光从词牌而言，按《中华词律词典》所说，词牌总数达二千多种，体数更多达四千多种，如词调《河满子》就有六体之多，分成单调、双调，字数不同，或上、下片字数各异。还有不同的韵脚等。其中《水龙吟》这一词牌，竟高达二十八体。著名词人苏轼、秦观、赵长卿、辛弃疾、吴文英所赋同一词牌各体不同。蒋志华同志所填词章，二百零三首中竟有八十三调之多，可见其对填词用力之深。

白居易说：“文章合为时而著，诗歌合为事而作。”蒋志华同志的词章歌吟的是自己的健康向上、积极进取的人生历程和实际感受，思想深邃，内容丰富，多姿多彩。他对待生活乐观、放达、坦荡，在《如梦令·上学》、《汉宫春·田间小路》、

《阮郎归·病中吟》、《水调歌头·退休》、《踏莎行·七十抒怀》这些词章中可以看到作者即使在艰难困苦的岁月，甚至在病中也充满对人生的乐观和积极进取。在《江城子·农村电影队纪事》、《清平乐·雪中送款》、《如梦令·中南海试技》等词章中又可以看到他无论从事什么工作都充满热情和热心服务的精神风貌。更以大量的词章表达他对革命领袖及先烈们的崇敬之情。如《采桑子·清明祭——毛主席逝世三十周年》、《千秋岁·悼念周总理》、《浪淘沙·纪念秋瑾就义一百周年》、《清平乐·谒满洲里红军烈士纪念塔》等。对于我国在各项事业中取得的重大成就充满着喜悦和兴奋加以歌颂。如《菩萨蛮·"嫦娥一号"赋》、《满江红·"神舟九号"首次载人空间对接》、《南歌子·玉兔步月》、《菩萨蛮·青藏铁路》、《青玉案·三峡大坝》。对于从小含辛茹苦把他抚育成人的母亲，更是怀着深深的怀念和感恩写下了《一剪梅·思母》、《忆江南·慈母心》。对于我国近年来发生的一些重大灾害事件倾注了深深的关切之情。

蒋志华同志的词章写景有声有色，纯真自然；书情婉约豪放，真挚感人，真所谓情景交融，佳句甚多。如"悠步上楼闲眺，霞似血，长城瀚"(《霜天晓角·游山海关》)。"磐陀坚，普济灿，莲花鲜。海天佛国，无限遐想在人间"、"但愿和谐久，岁月永相欢”（《水调歌头·普陀山》）。“峭岩云谷动，万旗奔”（《小重山·仙华山》）。“玉轻若絮，指推弦诵，美女从容”（《眼儿媚·赋太空授课》）。“尽落凉溪共水倚，夏日如秋”“桃露水中收，欲摘还留”（《浪淘沙·游泸溪河》）。这两句与唐代于良史的“掬水月在手，弄花香满衣”（《春山夜月》），可以说是同一意境，堪以媲美。而且有些词上下两片强烈对比，引人无限遐思。如《菩萨蛮·山路弯弯》，过去是“山湾九曲沙为铁，寒霜更带西风烈。三更月拥楼，有人门外愁”，现在是“如今公路筑，隧道通幽谷。飞鸟笑弯溪，绿杨烟水堤”。

蒋志华同志之所以能够创作出这么多优秀作品，除了与其对生活的热爱，对事业的追求的高尚品格，以及丰富的思想感情之外，还由于他对诗词的喜爱和创作的认真精神有关。不仅平时吟诵不绝，甚至在病中仍在寻诗觅句“搜字句、细裁量。我言自己狂，平平仄仄结成行，病歌更断肠”（《阮郎归·病中吟》），更有早年打下的深厚基础。“细细读、圈红走笔。水调歌头声韵捉，对沁园春里长长笛。漱玉句，积床席”（《金缕曲·漏夜耕读》）。反复地练字锤句，正如袁枚所说“一诗千改始心安”。他对写好一首诗词充满着享受感，满足感。正由于他的勤学苦练，坚持不懈，学问修养释诠讲情，其作品清新自然，沉雄壮健。

蒋志华同志现在以其三本诗集、一本词集献于世人。他说在这四本作品中，这一词集是他的收官之作。如果按他的意思以清风、明月、高山、流水作为作品的一个总揽，当然可以说是这一整体的收官之作。但是对于一个对诗词及文学事业充满热爱的作者，我想以他的精力、思想境界和学问修养而言，这决不是他最后的一部作品，我们完全可以期待将来他还有精彩的新作问世以供我们学习和欣赏。

谨以此为序。

甲午仲春于杭州

（序言作者为原新华社香港分社副社长、原浙江大学党委书记、原浙江省人民政府经济建设咨询委员会主任）

目　录

附　录

八声甘州 海宁观钱塘秋潮[①]

任劲风万里搅州湾，千丈啸天潮。看涛冲江上，雪喷津岸，云水滔滔。一线[②]神兵摆阵，军马尽矜骄。却有回头老，难解其招。

雷鸣排山倒海，正中秋圆月，乐震重霄。问奇观行迹，几度笑游遨？约来年、桂香韶早，请潮公、中气足潇箫。容呼酒、擂三通鼓，助力惊飙。

【注】 ①钱塘江大潮以每年农历八月十八日前后最为壮观，海宁盐官镇是观潮最佳处。

②“一线”指一线潮。

倏動風萬里攪浙灣
千丈嘯萬潮看濤衝
江上雷霆律崖雲飛
滴之

錄蔡志華詞八聲甘州浙海寧觀
錢塘觀潮首五句　敬光書於

八声甘州　壶口瀑布[1]

眺巨壶鼎沸九重烟，一吼震青天。见龙飞马跃，千军过处，鼓角连连。空碧晖流万里，云戏水无边。终有湖羊笔，难画湫涎。

如此壮雄绝写，令心潮澎湃，直挂风帆。奋中华儿女，热血撼波澜。炫河魂、气冲山岳，立九州、再哮五千年。强兴梦、算凝眸着，宇宙人间。

【注】 ①壶口瀑布是中国黄河上的著名瀑布，其奔腾汹涌的气势被誉为中华民族精神的象征。余去时适逢丰水期，景色十分壮观，感慨万千。

八声甘州　甲午战争[1]一百二十年祭

数星移斗转忆霜年，疆海血扬汤。恨穷凶倭寇，野心亡我，小鳖豺狼。多少身怀豪志，奋起战魔狂。为国捐躯骨，壮盖昌昌[2]！

不忍水师被吞，逼马关盗约，国耻严殇。叹清廷腐朽，社稷受披猖。想前车、搅胸思痛，警世人、自立仗兴邦。中华梦、正凝坚起，钢铁沧江。

【注】 ①甲午战争为19世纪末日本侵略中国和朝鲜的战争。它以1894年7月25日丰岛海战的爆发为开端，至1895年4月17日《马关条约》签字结束。按中国干支纪年，战争爆发的1894年为甲午年，故称甲午战争。这场战争以中国战败，北洋舰队全军覆没告终。中国清朝政府迫于日本军国主义的军事压力，签订了丧权辱国的不平等条约——《马关条约》，它给中华民族带来空前严重的民族危机。

②“昌昌”指清末海军杰出爱国将领邓世昌、丁汝昌，泛指在甲午战争中殉难的先辈们。

八声甘州　舟山跨海大桥感怀[①]

望涛涛浪里涌潮来，凭棹借帆归。问金塘洋上，海风有无？此去几回？陆岛区区一水，行路断薪炊。世代呼通道，醉梦魂飞。

今庆天堑结彩，舞巨龙献月，云晚逍遥。看凌空飞渡，跃笔架金桥。千秋功、民生欢笑，万众挥、快鞭策良骁。新篇唱、岁和年盛，岛国娇娆。

【注】 ①2009年8月，在舟山农行领导和大桥工作人员的引领下，余携孙捷足先登参观并乘车通过了梦思神牵的舟山跨海大桥。望着凌空飞渡的巨龙，回想起当年农行支持大桥建设的情景，感慨万千，思绪纷起。余深情地扶着崭新的桥栏，写下了这首“八声甘州”，留作纪念。舟山跨海大桥于1999年9月26日动工，2009年12月25日23:58分正式通车，共5座大桥，全长约49.96公里。舟山跨海大桥的建成结束了舟山人民舟楫摆渡的历史，弃水登陆的梦想变成现实。

拜星月慢

京剧《文姬归汉》观感

漠北年华，悲风催老，泪枕依依弱燕。愧锁毡宫，念中原肠断。梦魂里，总见、烟船万里江畔，故国山河花烂。十二春秋，悔无缘装点。

幸曹公、旧识才裙面。心归汉、却被三情缆，骨肉割舍难为，苦生离涯岸。告苍穹、十八胡笳[1]怨，修书愿、惜别关山远。典四百、寄尽相思，恸人圆月满。

【注】 ①"十八胡笳"指《胡笳十八拍》，为中国古代十大名曲之一，由18首歌曲组合的声乐套曲，以琴伴唱。"拍"在突厥语中即为"首"，起"胡笳"之名。一章为一拍，共十八章，故有此名，反映的主题是"文姬归汉"。汉末大乱，蔡文姬在逃难中被匈奴所掳，流落塞外，度过了十二个春秋，生了两个儿子。但她无时无刻不在思念故乡。曹操平定了中原，与匈奴修好，派使节用重金赎回文姬，于是她写下了著名的长诗《胡笳十八拍》，叙述了自己一生不幸的遭遇，反映了她思念故乡而又不忍骨肉分离的极端矛盾的痛苦心情。

拜星月慢 咏油菜花

一抹朝霞，清风收露，万顷鹅黄尽盖。举目之间，见光流金海。淡香袅，此处、双双舞蝶相依，曲曲蜂歌轻载。三月琼台，总农家花菜。

图画中、美景深深慨。悠悠梦、醉倒瑶池外，朵朵斗艳春烟，笑群山青黛。问芬芳、有几田头赛？莺飞逐、喝出声声彩。赞汗水、点缀人寰，得天资地赉。

我退休我骄傲！原浙江省农行行长蒋先生赠诗一首，留作纪念：人生大舞台，难得把花栽。都说斜阳好，梅香二度开。

卜算子　滕王阁[①]礼赞

江月万年流，雄论风云合。春去秋来独步悠，曲尽龙蛟阁。

秋水落霞幽，重彩琼瑰厚。独往高楼赞不休，盛世人间寿。

【注】 ①滕王阁，位于江西省南昌市西北部赣江东岸，因初唐才子王勃作《滕王阁序》而天下扬名。序中"落霞与孤鹜齐飞，秋水共长天一色"等名句千古流传。历史上的滕王阁先后共重建达29次之多，屡毁屡建，今日之滕王阁为1989年重建。

卜算子　滕王閣礼贊

江月萬年流雄綸風雲合壽奇
鶴來獨步悠出畫龍蛟閣
秋水落霞遊重彩琼瑰厚獨往
高樓贊不休盛世人間壽

蔣志華詞
胡光壽書

卜算子　登衡山①

已暮去南山，何处南山路？今日随缘得见君，相面鸿融崮。

此愿已心从，此景过还慕。常梦南山不老松，相伴殷殷步。

【注】　①衡山，一名岣嵝山，又名霍山、委宛山，古称南岳，为五岳之一。《述异记》称南岳系盘古左臂变成的。南岳所以称为衡山，因它位处星度二十八宿的轸星之翼，“度应玑衡”，像衡器一样，可以称量天地的轻重，能够“铨德钧物”，故而得名。又因轸星旁有一小星，曰“长沙星”，这颗星主管人间寿命，而衡山古属长沙，借名伸义，衡山有了“寿岳”之称，后人祝寿有“寿比南山”的称颂。

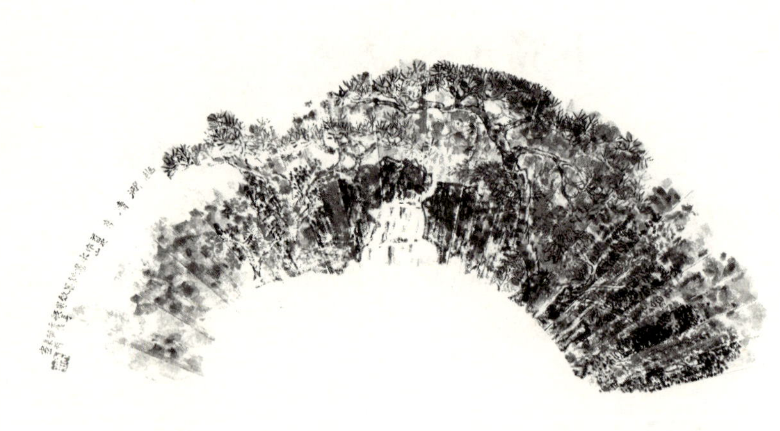

卜算子　劳动节有感

五一客农庐，旧事心中漾。对忆春耕夏作时，苦辣酸甜涨。

劳动不分家，遇节当共享。听说村民有假休，倍感闲风爽。

采桑子　松兰山[①]写景

楼听涛谱声声岸，帆洒光霞，海涌潮哗，白漠蓝天金鼓笳。

松兰山外呼鱼石，竿起钩拉，鱼跃人呵，阳夕添红忙酒家。

【注】 ①松兰山位于宁波市象山县东南，曲折的港湾、美丽的岛礁和多处岬角、沙滩，海蚀地貌又使沿岸礁石林立，千姿百态，气势磅礴，蔚为壮观。在一片澄碧如玉的大海旁还有极为罕见的山川洞穴。下海看山，登山观海、听潮，山、海、沙滩构成一道美丽和谐的风景线。

采桑子　参观吉林市陨石馆[①]

流星似雨江城落，雷鼓声声。天外来卿，带给人间惊与莹。

皆尊远客心相印，供奉高厅。民众陈情，万代千秋日月明。

【注】　①1976年3月8日，数量众多的陨石雨散落吉林市，最大的一块重1770多公斤，震惊国内外。

采桑子 清明祭

——毛主席逝世三十周年

巨星三十年前陨，风咽年轮，江怒民根，家国飘摇愁转坤。

开来继往延青史，改革奔云，开放腾新，告慰神州展宇鲲。

采桑子　香山[①]

香炉峰下风萧瑟，庸绣流葱，楼影苍穹，野趣悠悠百尺松。

莫愁霞晚黄昏近，且看秋容，霜叶新红，满幕春光随手拢。

【注】　①香山又叫静宜园，其红叶最为著名，每到秋天，漫山遍野的黄栌树叶红得像火焰一样。2012年10月12日，在第24届北京香山红叶文化节开幕式上，香山被授予“世界名山”称号。香山与美国雷尼尔雪山、韩国雪岳山、坦桑尼亚乞力马扎罗山等并列为世界24座名山，它也是继泰山、黄山、庐山、峨眉山之后第5座入选世界名山的中国名山。

采桑子 香山

香爐峰下風蕭瑟廣繡流蔥樓影蒼穹野趣悠悠百尺松萬點霞晚黃昏近且看秋容霽葉轉紅滿幕春光隨手攏

蔣志華賦 駱光壽書

采桑子　银链坠潭瀑布[①]

千军万马隐深库，轻碧神兵，倒海雷霆，百里烟尘钟鼓鸣。

骐骥惊起师何处？邀石携风，问藟牵荆，留下银链寻迹声。

【注】 ①银链坠潭瀑布是黄果树瀑布群之一，位于天星景区水上石林左上方。在黄果树瀑布群中，它既不是以高取胜，也不是以阔或大惊人，而是以它那千军万马的出没、千丝万缕的情态、如泣如诉的瀑声，让人流连忘返。瀑布高十余米，上面成漏斗形，底部是槽状溶潭。在潭沿面上隆起的石包，像一张张下覆的莲叶，交错搭连，河水在每一张叶面上均匀铺开，纵情漫流，像千千万万条大大小小的银链，轻音嚷嚷地缓缓坠入溶潭，川流不息。

钗头凤　思邻居

桃溪岸，禾秋晚，一壶茶水双门槛。忧劳累，霜风祟。问医煎药，互添衣被。贵！贵！贵！

新飞燕，生疏面，月明星淡朦眬眼。梯虽会，心无位。楼高人远，不知何岁。睡！睡！睡！

长相思　观越剧《柳毅传书》[1]

西风凉，北风凉。龙女奴羊何细量，仙间亦断肠。

情义长，相思长。千里洞庭珠泪扬，爱情天道酿。

【注】　①越剧《柳毅传书》讲述的是湖北书生柳毅在前往长安赴考途中，于泾阳发现遭泾河龙王十太子百般欺凌的洞庭湖龙宫三公主正在冰天雪地里牧羊，义愤填膺，放弃科举机会，代三公主到洞庭湖龙宫送信，扶危济困，几经周折，并与三公主仙凡联姻，有情人终成眷属的动人故事。该剧是一部表现善良终将战胜邪恶，真情与爱情、浪漫与现实交织在一起的戏剧名作，广为流传。

长相思　沈园[1]情

伤心桥，伤心桥。岸柳无情恨难消，梦魂在昨宵。

惊鸿悄，惊鸿悄。唯有相思酒可浇，玉人梳碧绦。

【注】 ①沈园，又名沈氏园，位于宋朝都城绍兴市区，本系富商沈氏私家花园，宋时池台极盛。沈园占地七十余亩，园内亭台楼阁，小桥流水，绿树成荫，是绍兴历代众多古典园林中唯一保存至今的宋式园林。这里蕴藏着陆游与唐琬凄美动人的爱情故事。相传南宋爱国诗人陆游初娶唐琬，伉俪情深，后被迫离异。公元1151年（绍兴二十一年），两人邂逅于沈园。陆游感慨怅然，在墙上奋笔题下《钗头凤》这首千古绝唱，极言"离索"之痛。唐琬见而和之，情意凄绝，不久抑郁而逝。晚年陆游数度访沈园，赋诗述怀，写下了名诗"城上斜阳画角哀，沈园非复旧池台。伤心桥下春波绿，曾是惊鸿照影来。"沈园由此极负盛名。

城上斜陽畫角哀沈園非復舊池臺傷心橋下春波綠曾是驚鴻照影來

陸游詩一首 [illegible]

朝中措　华山[①]

莲花带露削河开，奇突拔云台。峰展仞天岁月，岩流风绿霜皑。

一山一石，崖悬论剑，天际神来。古唱劈山韵曲，今歌征险壮怀。

【注】 ①华山又称西岳，北临黄河，南依秦岭，“势飞白云外，影倒黄河里”，虎踞龙盘，气象森森，地势险要，故称五岳之险。1949年，人民解放军发动解放大西北的强大攻势，胡宗南率部南逃，敌旅长方子乔带一部分敌军逃上华山，据险顽抗。解放军某团侦察参谋率领侦察兵由当地药农带路，绕小道，过天险，占领了制高点千尺幢，为大部队打进华山开了一个门户。继之，派药农下山给团部送信，同时控制了北峰通西峰的要道。方子乔得到北峰被占的消息，立即调集人马攻打，而我军侦察员牢牢守住苍龙岭。危急时刻，解放军大部队赶到，活捉方子乔，全歼了敌人，打破了民间自古华山一条路的传说。

朝中措　卖瓜翁

浪浪汗逼小楼东，卖叫莫如翁。扇拂摊前垂杨，调来阵阵凉风。

西瓜面市，香飘百里，秤上浆琼。好在一身本事，切开只只沙红。

朝中措　陪孙上学

涛声依旧侍年钟，又学伴孙工。早送朝霞校室，晚迎门外春风。

匆匆岁月，年华金色，甘作书童。喜见孙儿超越，镜前唤醒衰翁。

捣练子　呼伦贝尔草原[1]

天灿灿，水弯弯，绿海漪漪断远栏。蒙古包前迎马酒，夕阳人醉牧歌闲。

【注】　①呼伦贝尔草原是世界四大草原之一，因其水草丰美的草原，松涛激荡的大兴安岭林海，纵横交错的河流，星罗棋布的湖泊，被誉为“世界上最美的草原”。蒙古包是对蒙古族牧民住房的称呼，“包”是“家”、“屋”的意思。蒙古等民族传统的住房，古称穹庐，又称毡帐、帐幕、毡包等，蒙古语称格儿，满语为蒙古包或蒙古博，自匈奴时代起就已出现，一直沿用至今。

点绛唇 乘凉

山夜晴空，满天星斗人间洒。蒲扇消夏，竹椅萤花发。

小院悄悄，只有孙儿话。依膝下，此无牵挂，只怕蚊来插。

默绛暑乘凉
山夜晴空泼万星斗人间酒
蒲扇消夏竹椅萤飞繁　小
院悄悄只有孙儿话依膝下
此梦牵挂只怕蚊来搔

蒋志华词　孙光彝书

点绛唇 探秀山湿地[1]

春树飞红，渔家幸在桃源住。白秋寒鹭，丹橘枝头舞。

饮水芦花，尽吐风情絮。难止步，柳丝轻疏，欲探鱼归浦。

【注】 ①秀山湿地位于浙江省舟山市岱山县秀山岛，生态条件优越，属海岛湿地保护区。秀山湿地与滑泥主题公园相邻，占地面积约1.5平方公里，地势平坦、河网交错，植被以桃树、橘树、芦苇和小块稻田为主，并有多种国家保护动物，具有罕见的海岛特色，是难得的一处生态净土。

点绛唇　夜游新安江[1]

船上添襟，凉风一阵消三暑。白沙奇雾，渔火云樯舞。

两岸轻歌，当是萧闲处。抬头逐，乱星如澍，洒落霓虹渡。

【注】 ①新安江，发源于安徽省黄山市休宁县境内，东入浙江省西部，经淳安至建德与兰江汇合，东北流入钱塘江，是钱塘江正源。干流长373公里，流域面积1.1万多平方公里。新安江江水四季澄碧，清澈见底。夹江两岸，群山蜿蜒，山势各殊，飞瀑流泉。唐孟浩然诗云："湖经洞庭阔，江入新安清。"沿江有白沙大桥、落凤山、梅城、双塔凌云等胜迹，向有"奇山异水，天下独绝"之称，今有"清凉世界"美誉，是一条闻名中外的"唐诗之路"。

蝶恋花 情系千岛水[①]

一碧湖波天下晓。水洁流深，千岛轻轻漂。风雨梳年情不老，播春更寄瑶池好。

几度春秋几梦绕。不负当初，依旧风姿俏。众护源头休发藻，和谐生态亲民调。

【注】 ①千岛湖，主要位于浙江省淳安县境内，是1959年我国建造第一座自行设计、自制设备的大型水力发电站——新安江水力发电站而拦坝蓄水形成的人工湖，是国家一级水体。千岛湖面积573平方公里，因湖内拥有星罗棋布的1078个岛屿而得名。为保持这人间一潭好水，余曾多次调研呼吁，情系梦怀。

蝶恋花 送剑青君[①]

漏夜西风凭祭爵。如梦初临，难识寒襟泪。天阙也知离别碎，月光无色苍穹悴。

生死交予公事醉。剑胆琴心，浩气犹碑瑞。欲问英魂终不悔？青山秀水长相慰。

【注】 ①乙酉年三月二十七日深夜，风雨交加，天地悲恸，余含泪送好友英灵回丽。翌日凌晨三时车到丽水，倾盆大雨，老天流泪，众人无不动容，自觉一路护送。沈剑青一生兢兢业业，艰苦奋斗，实干为民的感人事迹深深打动了丽水农行广大员工和一众友人。

定风波　黄鹤楼诗情

鹤去楼空客弄弦，归舟载月泊栏前。浪激龟蛇烟雨起，崔李[①]，传薪绝句泛漪涟。

黄鹄矶[②]台涛泼墨，怀阔，韵声律曲别重天。碧海苍穹《梅花落》[③]，宏博，悠悠管笛数千年。

【注】　①“崔李”指崔颢、李白。李白曾说：“眼前有景题不得，崔颢有诗在上头。”

②黄鹄矶位于武昌城区西部，为蛇山西端突入江中的矶石，与汉阳禹功矶隔江对峙。三国黄武二年(223)，曾于此首建黄鹤楼，楼据此而得名。

③《梅花落》原为汉乐府二十八横吹曲之一，魏晋以后很风行。从南北朝时期开始，横吹曲《梅花落》又被称为笛子曲《梅花落》。至唐代，笛曲《梅花落》在市井流传更广，成为诗人墨客经常歌咏的对象，对文学也产生了很大影响，宋元明清几代也一直流传。后来流行的琴曲《梅花三弄》也是根据《梅花落》改编。

定西番　读《石灰吟》[①]

四句铮铮一抹，清耳目，壮心怀，彻云台。

烈火焚烧清白，洁身磐石来。力挽狂澜熔铄，扫尘霾。

【注】 ①《石灰吟》："千锤万凿出深山，烈火焚烧若等闲。粉骨碎身浑不怕，要留清白在人间。"这首诗是明代民族英雄、政治家于谦的一首托物言志诗。此诗因反映了诗人廉洁正直的高尚情操而脍炙人口。作者以石灰作比喻，表达自己为国尽忠，不怕牺牲的意愿和坚守高洁情操的决心。

九峰野花常捧露
网香山叶自吟风

东风第一枝　北仑山[①]

屹立东溟，观山览海，导航灯塔高杲。过帆多少风樯，月轮洒穷玉岛。波涛滚去，见石岸、花开千佼。夜静处、唱晚渔歌，别是一番音绕。

情未了、宝光不老。心欲醉、逢时潇昊。迎来改革新潮，唤醒万年津要。东方良港，震鼓起、青天春晓。喜百舸、竞发如流，帜结码头腾蹈。

【注】 ①北仑山位于宁波市北仑区海域中，旧称北轮山，因形圆似轮，加上地处新碶街道北面，故名，今衍写为“北仑山”。1979 年开始在山顶建设距海平面 48 米的北仑港导航灯塔；1982 年 12 月 15 日，建成从陆地通往北仑山的栈桥。目前，北仑山承担着进入北仑水域船舶的交通管理和水文气象资料的收集任务。北仑港、北仑区均由此山得名，加上视野开阔、风景优美，名气日增。现建有多用途码头。

東方良港震鼓起雲
万春號巷百舸競發
放流織練碼頭鏈躍

錄蔣志華先生詞東方第一港北侖山之句
時在癸巳年歲末 寶王後人孫光華書于滄波齋

洞仙歌　洱海[1]夜月

冰清玉洁，月海飞金镜。萧夜风来动花影。碧莹莹、横卧朦色银苍，烟波淡，露润楼亭草静。

穹窗帘未下，宫阙屏开，天上人间两相应。话不尽昆弥，百里清光，三更鼓、正浓雅兴。况灯火船台舞蹁跹，又万点云山，素田千顷。

【注】 ①洱海古称"叶榆泽"，也叫"西洱河"、"昆弥川"，是由西洱河塌陷形成的高原湖泊，因为湖的形状酷似人耳，故名洱海。洱海水深清澈，透明度大，好似一面玉镜，镶嵌在苍山脚下，湖光山色，秀丽无比，宛若无暇的美玉，素有"银苍玉洱"之誉，是中国著名的高原湖泊。夕阳西下，余霞错绮，归舟泊岸，渔歌唱晚。月夜，水静风轻，月影波光，轻涛拍岸。"洱海夜月"为大理四大奇景之一。

洞仙歌 过严子陵钓台[①]

富春山麓，见清风无染。垂钓桐江淡香满。露凉时、更有披岙羊裘，君可数，几处桃源当选？

人生过眼水，一竹鱼竿，似约疏星渡涯岸。试问世间中，玉谢三股，其志向、何崇高远？笑云海茫茫路迢迢，尽柳暗花明，岁轮年换。

【注】 ①严子陵钓台，位于浙江省桐庐县城南富春山麓，是严子陵隐居垂钓之地。钓台由东台、西台、严先生祠、石坊、碑园、钓鱼岛、谢翱墓组成，在全国10多处“钓台”古迹中名列第一位，闻名于世。严子陵，名光，会稽余姚人，东汉初年隐士。少时曾与刘秀一同游学。刘秀即位后，不愿出仕，遂更名隐居，“披羊裘钓泽中”。刘秀曾三次遣使相访，盛礼相邀，授谏议大夫，仍“不屈，乃耕于富春山”，老死于家，年八十。严甘愿贫苦，淡泊名利的品质一直为后世所景仰。

渡江云　乘舟赏西湖荷花[①]

借舟无有伴，倚荷弄棹，灼灼一株株。露花时舞足，蒨叶盈杯，隔水宠西湖。风裙乱意，蝶粉儿、含笑情酥。千万顷、碧空连绿，红日泛晕初。

归乎？丝丝牵藕，秀秀芙蓉，却依依翘楚。污不染、亭亭玉立，瑶席琼孤。清香润世尘衣蕊，傍水埠、回首妆梳。看不尽、钱塘梦也莲铺。

【注】 ①西湖荷花是杭州西湖的一张名片，历代文人墨客留下了许许多多咏荷花的韵墨。“毕竟西湖六月中，风光不与四时同。接天莲叶无穷碧，映日荷花别样红。”北宋诗人杨万里歌咏西湖荷花的诗句，距今大约有一千年了，依旧广为流传。

风入松　清明

踏风涉雨又清明，寒食盼天晴。桃花落处长长泪，一涓涓、流尽深情。扫墓年年都去，年年路过溪亭。

念思寸寸越云层，寄去四时更。一抔黄土千声语，托红日、再祈先灵。借得山间香火，幽台点起心灯。

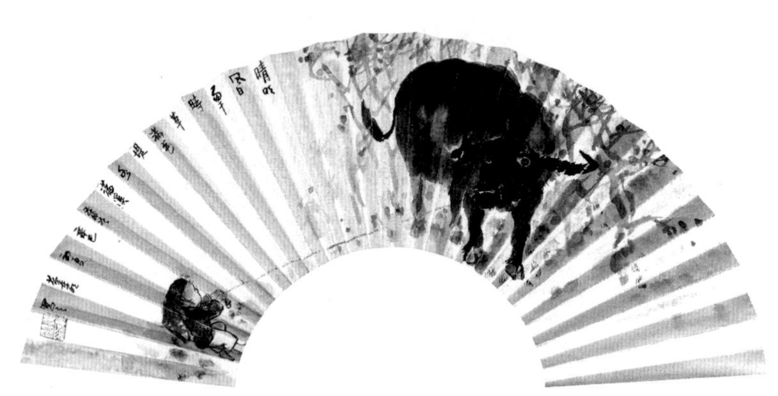

风入松　羊岩山[1]品茶

抹风沐雨又清明，喜见霁光晴。攀山弯道共天乐，一帘绿、十里茶铭。碧尽西岚华顶，馨穷东海门庭。

一芽一叶立婷婷，勾曲[2]媚流情。汤中醇厚蹁跹舞，果然是、栩栩如生。品赏寒峰名饮，难忘岩嶂钩青。

【注】①羊岩山地处浙江省临海市西北部，海拔780余米，因主峰南侧有羊影镶嵌在岩石上而得名。嘉定年间，《赤城志》上记载："在县北五十公里，自麓至巅十余里，南瞻海门，北望华顶，如在目前，山顶石壁有石影似羊，又有石纹隐起似蛇……"

②羊岩山产名茶羊岩勾青，采摘鲜叶嫩度以一芽一叶开展为主，加工后茶叶形状勾曲、条索紧实，色泽翠绿鲜嫩，汤色清澈明亮，叶底细嫩成朵，尤其是香高持久，滋味醇爽，沁人肺腑，口感特佳，多次在国际名茶评比中获得金奖。

凤凰台上忆吹箫　抒怀端阳

青艾门前，小亭闻粽，古村遐见莓红。尽小楼帘下，日漫窗东。莲叶擎天舞蝶，都道是、万物生风。湖山乐，莺娇细细，燕语长空。

匆匆。岁流唤步，真似梦一帘，去急难踪。适浴兰闲退，归我幽丛。无怨无求无悔，且觉得、地厚天中。尘何断，深情挂牵，宛似清风。

凤凰台上忆吹箫　岁月如酒

溪水潺潺，小桥归路，度过三十春秋。忆短阳弯月，旧事如钩。茅盖泥墙破舍，煎尽了、蜡烛灯流。磨沙石，寒窗脚印，步步难留。

清幽。日轮冉冉，桃李伴新花，艳映门楼。错别来之客，烟柳晕头。惟有亭前溪酒，香似故、还我悠悠。凝眸望，山村晚霞，凤展龙游。

高阳台　咨询十年句[①]

冬雪春花，悠悠十载，钱塘江晚归船。问月何时？宛然花甲之天。气存三寸何高老？难顾休、思砚磨穿。访民生、山海奔波，捉笔深渊。

人生一渡知何处？但星帆点点，学海无边。交友闻师，寒枝栖满群贤。雷峰夕照依然是，借扁舟、醉泛忘年。掩重门，两袖清风，一抹秋烟。

【注】①余在步入花甲之后的2003—2013年十年间，连续两届担任浙江省人民政府咨询委员会委员。期间参与了许多重大课题的调研及重大项目的论证，撰写了多篇经济社会方面的调研报告、对策建议和社情民意，同时也接触到了不少做人、做学问的专家学者，受益匪浅，是余人生旅途上的重要一站。

更漏子　过风波亭[①]

菊花飘，风竹累，又扫狱亭秋味。雾翠薄，乱云寒，更掀旧事烟。

梧桐酹，似憔悴，零落湖边愁桂。一朵朵，一笺笺，忠魂曜世间。

【注】 ①风波亭，原是南宋时杭州大理寺（最高审判机关）狱中的亭名。八百多年前，这里发生了震惊世人的大阴谋：宋高宗赵构听信奸相秦桧谗言，诬陷岳飞谋反，一代名将岳飞及其儿子岳云、部将张宪在风波亭内被杀害。风波亭惨案，是历史的悲哀，是时代的不幸，是正义的屈辱，是良知的死亡。原风波亭由于历次战火而被焚毁，现存风波亭是在杭州西湖湖滨遗址上重建的。

菊花飘风竹累又扫秋亭秋味
雾霭萧乱云飞更撤旧事烟
梧桐疏似樵悴零落潇遥愁樯
一条颈一笺笺忠魂耀世间

时于癸巳年岁末

录蔚春华词更漏子过风波亭 耿光恭书

归自谣　登白云尖[1]

云雾漫，穷目峰尖风乱眼，凭栏沧海群峦瀚。

清香一阵何处散？思思断，原来脚下山花烂。

【注】 ①白云尖位于浙江省景宁县，海拔1611.1米，为温州市第一高峰。尖顶常处于云雾之中，云海茫茫，犹似天上仙宫，登巅眺望，群山浮动在云海之中。山脊梁上的道道防火线蜿蜒伸展，每当春天，两旁杜鹃盛开，鲜花簇拥，胜似瑶池花园。

桂殿秋　天一阁[1]

天阁雨，世楼风。藏书万卷入蓬宫。三江桂子瑶池露，四海文人梦笔通。

思往事，月窗东。流光细细织秋空。园林静静吟诗短，帖刻长长意不穷。

【注】　①天一阁位于浙江宁波市区，是中国现存最早的私家藏书楼，也是亚洲现有最古老的图书馆和世界最早的三大家族图书馆之一。天一阁建于明朝中期，由当时退隐的兵部右侍郎范钦主持建造，当时存书七万多卷，明清以来，文人学者都为能登此楼阅览而自豪。新中国成立后，政府专门设置管理机构，探访寻得流失在外的三千多卷原藏书，又增入当地收藏家捐赠的古籍，现藏古籍达三十余万卷。此外，还收藏大量的字画、碑帖等。天一阁之名，取义于汉郑玄《易经注》中“天一生水”之说，意为以水克火，保护藏书。“风雨天一阁，藏尽天下书”，1982年3月被国务院列为全国重点文物保护单位。

桂殿秋

有感楚门镇夜间办公制度[1]

从政路，有几重？心装百姓万途通。为民办事新招实，步出清清一抹风。

【注】 ①喜闻浙江省玉环县楚门镇政府推广夜间工作制度，着力剖解百姓办事难问题，密切了党群、干群关系，欣慰之际命笔填词。于癸巳夏。

汉宫春　田间小路

秋收春播，多少田塍路，风雨忙奔。棕蓑草帽，最晓天地晴阴。禾高一寸，孰能知，汗滴三分？泥织满、农家脚步，换来朗朗乾坤。

旧道曾经留迹，便回头忆念，久久追根。年时犹临镜里，两鬓知津。乡愁不断，问星河、可悉吾心？俱老矣、花香稻熟，难忘岁月诗魂。

汉宫春　秋月东湖[①]

秋到东幽，看含苞桂子，似见春烟。瑞风请笛，奏舞落雁一片。斌书邀月，令今宵、情满人寰。涛不断、依依弄筝，宛如玉兔来弦。

却有莺歌燕语，唱泱泱碧水，音转磨山。粼波泛舟点点，画蔚天澜。崔巍柳阁，谁行吟、名播坤乾？多少曲、离骚精妙，最扬荆楚云帆。

【注】　①武汉东湖位于武汉市城区的二环与中环之间，是中国最大的城中湖。东湖湖岸曲折，港汊交错，素有九十九湾之说。1982 年被国务院列为首批国家重点风景区，有听涛、磨山、吹笛、落雁等景区。东湖是最大的楚文化游览中心，楚风浓郁，楚韵精妙，行吟阁名播遐迩，离骚碑被誉为“三绝”，楚天台气势磅礴，楚才园名人荟萃，楚市、屈原塑像、屈原纪念馆，内涵丰富，美名远扬，文化底蕴厚重深远。2012 年秋，余应友之邀浏览东湖，留此感赋。

好事近　秋雨耕读桥[1]

桥上探诗风，正值弄秋时节。逢雨读书雅事，令世人深切。

美人靠[2]上细观看，晴锄静无歇。望去画文田野，似轻烟操笔。

【注】 ①耕读桥位于乌镇西栅风景区，桥意为晴耕雨读。

②美人靠是靠椅的雅称。

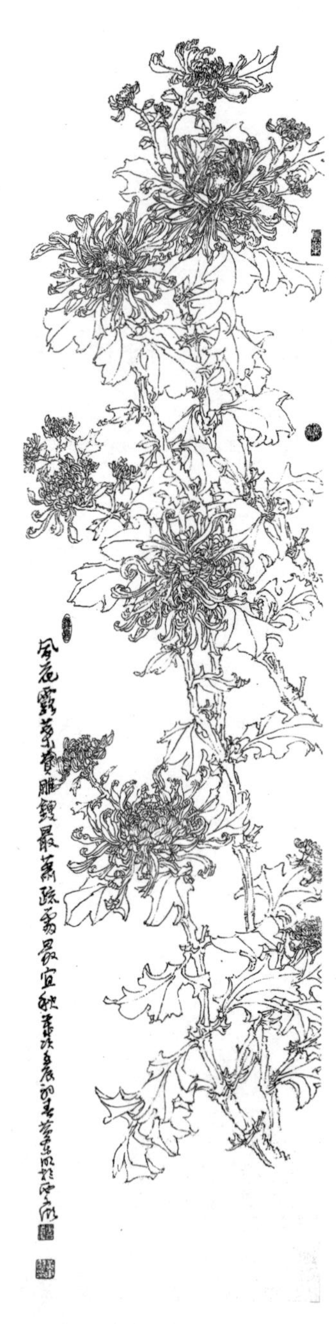
風花露葉費雕鐫最蕭疏處最宜秋

画堂春　兰亭[①]书风

幽林修竹鹅漪池，流觞曲水吟诗。山风吹拂疾思驰，书绝名辞。

一序毫惊宫阙，引来多少遐思。人间三月又三时[②]，墨泼兰芝。

【注】 ①兰亭位于浙江绍兴兰渚山，是东晋士族兼书法家王羲之的寄居处，山阴城的风景人文绝佳之处。春秋时越王勾践在此种兰，汉朝设驿亭，故名兰亭。

②东晋穆帝永和九年(353)三月初三，王羲之与谢安、孙绰等四十一人，在山阴(今浙江绍兴)兰亭修禊，曲水流觞，饮酒赋诗，辑为《兰亭集》，王羲之为之书写序文手稿，曰《兰亭集序》。法帖相传之本，共二十八行，三百二十四字，章法、结构、笔法都很完美，其雄秀之气，出于天然，因此，历代书家都推《兰亭序》为“天下第一行书”，据传原本被带入唐太宗墓中。每年农历三月初三都在兰亭举行书法盛会。

画堂春　思冀公①

风霜岁月考华年，毫端一片诗天。长街岂止六毛钱，浩气凌烟。

痴醉一生无怨，阳光洒透心田。云何澎湃梦魂牵？老骥催鞭。

【注】　①此词为2013年12月28日在黄亚洲书院举办的首届大运河诗会上缅怀诗人冀汸而作。冀汸(1918—2013)原名陈性忠，先以“启汸”，后以“冀汸”为笔名在诗刊上发表作品。1931年尝试创作，1935年，以当时“一・二九”运动为背景写下了第一首长诗《昨夜的长街》，发表于《武汉晚报・鹦鹉洲》副刊上，至此开始了他一生的文学之旅。冀汸存有诗集《跃动的夜》、《我赞美》、《没有休止符的情歌》、《长歌不息》，小说《走夜路的人们》、《这里没有冬天》、《故园风雨》，散文集《望山居偶语》，回忆录《血色流年》等。

画堂春 诸葛村[①]怀贤

蔽山巷陌逸钟池，高隆淡泊风诗。三分雄略万尊师，八阵如斯。

黛瓦青砖墙里，绵延多少良知。岁寒无语对烟丝，傲有霜枝。

【注】 ①浙江省兰溪市诸葛村为全国重点文物保护单位，是全国最大的三国时期蜀汉名相诸葛亮后裔的聚居地，坐落在兰溪市高隆之西（“高隆”，即取了诸葛亮“高卧隆中”之意）。诸葛村整个村落以钟池为核心，八条小巷向外辐射，形成内八卦；村外八座小山环抱整个村落，形成天然的外八卦，村内现保存完好的明清古建筑有两百多座，是目前全国保护得最好，群体最大，型制最齐，且文化内涵很深厚的一个古村落。专家学者们称其为“江南传统古村落、古民居典范”。

畫堂春 諸葛村懷古

蔽山巷陌逸鐘池
高隆淡泊風詩
三分雄略萬尊師
八陣如斯
黛瓦青磚墻里
綿延多少良知
歲寒無語對煙綠
傲有霜枝

蔣志華賦
駱光壽書

浣溪沙　九峰农家乐

涧水涓涓松月斜，四方桌上插梅花，九峰山下好人家。

三味土鸡迷贵客，一壶米酒醉春葩，红晕朵朵映窗纱。

浣溪沙 游东湖[①]

千刀劈开青石山，洞天几出月新湾，水中四起乌篷帆[②]。

借得秋风一半醉，凭栏静梦入波涟，戏台[③]甜曲和丝烟。

【注】 ①东湖位于绍兴城东箬篑山麓，昔日秦始皇东巡至会稽，于此供刍草而得名。自汉代起，相继至此凿山取石，经千年鬼斧神凿，遂成悬崖峭壁，奇潭深渊，洞开新月，号称“天下第一水石盆景”。

②乌篷船是江南水乡——绍兴的独特交通工具，因篾篷漆成黑色而得名。乌篷船行则轻快，泊则闲雅，是水乡的一大风景。

③湖上戏台每天唱社戏。

减字木兰花　月湖[1]步影

菊花洲上，拾得玉轮情欲放。出水芙蓉，婷立烟波月下浓。

碧穹朗朗，任是高风吹忆往。逸韵清盅，狂客遗篇一岛荣。

【注】 ①月湖位于宁波市区，开凿于唐贞观年间(636)，宋元佑年间建成月湖十洲。南宋绍兴年间，广筑亭台楼阁，遍植四时花树，形成月湖上月岛、菊花洲、芙蓉洲等十洲胜景，三堤七桥交相辉映。宋元以来，月湖是浙东学术中心，乃文人墨客憩息荟萃之地。唐代大诗人贺知章、北宋名臣王安石、南宋宰相史浩、宋代著名学者杨简、明末清初大史学家万斯同等风流人物，或隐居，或讲学，或为官，或著书，都在月湖留下了不可磨灭的印痕。自名“四明狂客”的贺知章(659—744)，其名诗：“少小离家老大回，乡音未改鬓毛衰。儿童相见不相识，笑问客从何处来。”家喻户晓。位于月湖风景区的柳汀岛上建有贺秘监祠。

江城子　鹳鹊楼[①]远眺

危楼拍翅耸河东。笛声空，九天宫。目穷千里，秦晋醉秋中。烟树蒲津今胜昔，舒远处，万花拥。

【注】 ①鹳鹊楼位于山西省永济市蒲州古城西面的黄河东岸，是唐代河中府著名的风景胜地。相传当年时常有鹳鹊栖于其上，所以得名。由于楼体壮观，结构奇巧，加之区位优势，风景秀丽，唐宋文人学士登楼赏景、留下许多不朽诗篇，其中王之涣的《登鹳鹊楼》："白日依山尽，黄河入海流。欲穷千里目，更上一层楼。"堪称千古绝唱，流传于海内外。

江城子　南湖颂[①]

红船号角震长空。日升东，月强弓。开天辟地，革命气如虹。古国逢春华夏梦，龙起舞，咏天宫。

【注】　①2011年5月11日余参观南湖革命纪念馆（新馆）有感而填。南湖位于嘉兴市南湖区，水域面积98公顷，因地处嘉兴城南而得名，与西南湖合称鸳鸯湖。南湖是浙江三大名湖之一，素来以“轻烟拂渚，微风欲来”的迷人景色著称于世。周围绿树环绕，令人神清气爽、心旷神怡。1921年7月底，中国共产党第一次全国代表大会在南湖的一艘画舫上完成了最后的议程，并宣告中国共产党成立，南湖从此成为党的诞生地、全国人民向往的革命圣地。

江城子　农村电影队纪事[①]

翻山越岭路千冈。汗流苍，步难忘。夜当白昼，银幕染成霜。晒谷场东人挤挤，明月夕，巷空凉。

【注】 ①余在20世纪60年代曾当过农村电影放映员，农民追求文化生活的迫切需求、晒谷场上放映电影的动人场面至今记忆犹新。

金缕曲　怀诗人陆放翁[1]

梦系山河步。笔凌云、鸣空自许，志倾笺埠。家国难圆风雨碾，墙柳无情叹诉。不睡月、吟诗烛渡。未报国仇身先老，令毫端砍断千竿路。亮剑舞，拔天柱。

梅花力尽无穷悟。碾香尘、春光绝妙，清香如故。挑柴种瓜闲趣伴，不废田歌野赋。骑竹马、随耕咏鹜。笑待人生忧与乐，示儿辈北定王师著。传世句，岂能数？

【注】 ①陆游（1125—1210），号放翁，山阴（今浙江绍兴）人。孝宗时赐给进士出身，历任夔州通判等职。65岁那年罢官，即回老家山阴闲居，砍柴种菜，割草养猪，背不驼、腿不颤、耳不聋、眼不花，终年86岁。逝世前还念念不忘国家统一，是南宋伟大的爱国诗人。他勤于创作，一生写诗六十年，保存下来的就有九千三百多首。自言“六十年间万首诗”，是我国现有存诗最多的诗人。诗的题材极为广泛，风格豪放，近似李白，故有“小太白”之称。词风也以雄放悲慨为主，兼有柔婉清逸之美。前人谓其流丽处似秦观，雄放处似苏轼。

金缕曲　漏夜耕读

山雨潇潇急。晚秋风、捎寒折柳，柏松淅沥。灯下翻开书一卷，摇起三支兰楫。细细读、圈红走笔。水调歌头声韵捉，对沁园春里长长笛。漱玉句，积床席。

窗耕吟稿催人逸。启思流、奔腾入海，梦帆空碧。几曲狂歌涛上唱，自蹈波光浪迹。功不到、频频借力。阅尽青诗谙今古，感岁月如刀衷衷逼。天晓白，是何夕？

浪淘沙　读黄亚洲小说《雷锋》[1]

泼墨握云松，笔落千重。人间忧乐赞雷锋。手煮电流身置外，血唱心钟。

琐琐切人人，感念无穷。难平最是走匆匆。一曲长歌花更好，姹紫嫣红。

【注】①2012年8月15日是雷锋同志逝世五十周年纪念日，适逢黄亚洲先生长篇小说《雷锋》问世，读后泪水盈眶，浮想联翩。

浪淘沙　纪念秋瑾[1]就义一百周年

湖水祭英魂，思念深深。西泠桥畔万民心。视死如归千古杰，壮也秋君！

巾帼侠风身，长照星辰。笑看天地万花新。慰告先人千里目，伟也秋君！

【注】 ①秋瑾(1875—1907)，近代民主革命志士，原名秋闺瑾，字璇卿，号旦吾，东渡后改名瑾，自称“鉴湖女侠”，笔名秋千，祖籍浙江山阴(今绍兴)。她蔑视封建礼法，提倡男女平等，性豪侠，习文练武，曾自费东渡日本留学。后积极投身革命，先后参加过光复会、同盟会等革命组织。1907年，她与徐锡麟等组织光复军拟起义时，事泄被捕，7月15日从容就义于绍兴轩亭口。秋瑾墓位于杭州市区白堤尽头的西泠桥畔，墓正面有大理石墓碑，上刻孙中山亲笔题词“巾帼英雄”四字。

浪淘沙　问田

春到地时更，忙了农耕。栽苗凭靠外来工。今年稻香身是客，知有谁踪？

人远草荒丛，此计难穷。读书童少七旬翁。膏沃良田呼策促，留与谁种？

浪淘沙 香港回归十周年

荆紫舞神龙，江月豪空。国存两制意深浓。沧海明珠归思曲，久久碑功。

旧梦怕寻踪，痛史煎胸。欣看已是去了蛩。今日扬眉千载咏，古国新钟。

浪淘沙　游泸溪河①

迎客半娇羞，五彩轻舟。风儿吹展幔崖浏。尽落凉溪共水倚，夏日如秋。

桃露水中收，欲摘还留。漓江移步客龙洲。问赏红峰嚜岩石，谁拔头筹？

【注】 ①泸溪河发源于福建光泽原始森林，沿途经过云台山、象山、上清镇、马祖岩汇入信江，进鄱阳湖，注入长江，全长286公里。沿途植被良好，两岸茂林修竹，河水清澈纯净，过滩呈白，遇潭现绿。泸溪河两岸奇峰怪石很多，青山密林，流泉瀑布，犹如仙境，乘船筏揽泸溪河之胜，如置身在山水画廊之中。

浪淘沙　遵义会议

军急唤东风,心似潮澎。琵琶桥畔宇雷声。雾散云开霾化去,天地逢生。

革命转关中,重瓦从容。危难见证史秋功。举起红旗一路越,明月星空。

浪淘沙

镇海口海防历史纪念馆[①]

忆史话雄关，犹见狼烟。仁人志士血飞帆。抗敌驱倭天地勇，声震人寰。

巍立白云间，守我江山。沧桑巨变古城酣。威远遗风花更好，东海欢颜。

【注】 ①镇海位于浙江省东部东海之滨，素有“海天雄镇”、“浙东门户”之誉，是我国历史上的国防要地。在四百多年间，历经抗倭、抗英、抗法、抗日等战役，有记载的大小战役有46次，在两平方公里范围内，保存完好的遗址达三十多处，先辈们留下了可歌可泣的英雄业绩和珍贵的海防遗址。为建馆纪念，位于招宝山下的镇海口海防历史纪念馆于1994年2月开始筹划兴建，1997年10月正式建成开馆，并被命名为第一批“全国爱国主义教育示范基地”、“全国青少年教育基地”等。当时余为建馆曾捐薄资，有幸刻记在馆内。

离亭燕　冬至[①]

兔跃乌奔华夏，消九去寒图画。南日至长多少事，尽入万家灯话。亚岁庆新阳，兴满竹篱流亚。

律管黄钟[②]迎腊，雪梅冷葭容发。蒸豆热糕圆子品，寄愿往来牵挂。二除夜[③]楼人，耐等玉轮西下。

【注】 ①冬至俗称亚岁，民间有“冬至大如年”之谚。

②古时律管用以测定节候，黄钟是十二律中第一管。

③冬至前夕叫冬除，又称冬至夜、二除夜。

兔躍烏奔華夏消九
去寒圖畫
律管
黃鐘迎臘雪梅冷葭
容发

錄蔣志華詞 蘇亭燕妙語
癸巳年末 駱光壽書

临江仙

总行老干部局成立书怀[1]

六十春秋流水去，龙年开出新花。蕊烟绚烂卷云霞。琼楼箫吹，奔走有了家。

多少回眸人事改，夜阑梦沏清茶。如今岁月尽风华。拥行兴业，歌在夕阳斜。

【注】 ①2012年春，在中共中国农业银行党委和蒋超良董事长的重视关心下，农总行成立了离退休人员管理局，老同志奔走相告，成为龙年农行一大喜讯。

临江仙　嘉峪关[1]

巍势长城廊柱耸，气书天下雄关。祁连冰雪素相搀。风霜天地路，日月彩云帆。

古代战征多少梦，风沙无数尘烟。如今戈壁展新颜。清泉蜂蝶舞，塞上换人间。

【注】①嘉峪关位于甘肃嘉峪关市西，是明长城的西端起点，也是“丝绸之路”的重要关卡，明长城西端的第一重关。始建于明洪武五年(1372)，先后经过168年时间的修建，成为万里长城沿线建造规模最为壮观、保存程度最为完好的一座古代军事城堡。嘉峪关以地势险要，巍峨壮观著称于世，与万里之外的山海关遥相呼应，闻名天下。

临江仙 西湖联谊[①]

西子新装迎旧客，凌波轻舞骄阳。追思往事话音长。轻抚三十载，心尽鬓丝量。

匆别时光相语少，散闲更挂牵肠。几声愿景胜琼酿。但祈人唱久，茶煮月山昂。

【注】 ①戊子年仲夏，西湖荷花盛开，农业银行财会系统联谊会在西子湖畔召开，来自全国各地的三十多位同志参加，回顾农行恢复三十年来走过的光辉历程，追忆历史，畅谈友谊，相互问候，情深意长，阔别几十年后相聚的场面十分感人，特填词一首助兴。

临江仙　中秋探母

年到中秋心气滚，轻车风急飞奔。潺潺泉水苦吟身。推门开步静，见面泪淋淋。

辛汗一生流额径，就愁儿走关门。冷知暖晓是慈亲。不吟明月曲，只拨感恩音。

柳梢青　岳阳楼[1]怀古

百尺云观，巍骑洞滃，气拔广渊。城锁归舟，秋云入色，吴楚风帆。

领驰九水君山，唱天下、忧川乐湾。鼓角雄关，名贤古砚，冰净毫端。

【注】 ①岳阳楼位于湖南省岳阳市西门城头，洞庭湖畔，自古有“洞庭天下水，岳阳天下楼”之誉，北宋范仲淹脍炙人口的《岳阳楼记》更使岳阳楼著称于世，其中“先天下之忧而忧，后天下之乐而乐”的名句千古传诵。现岳阳楼为1984年重修。

团结敬业
进取务实

浙江省农业银行

费孝通
二〇〇〇年五月

柳梢青 咏茶

明友龙芽，名冠天下，雀舌堆华。碧水丹青，穹宫玉翠，十里流霞。

都言平淡生涯，陆公[①]试、根清润佳。舟叶燕飞，止心若水，深岙人家。

【注】 ①陆公指陆羽。

瑤三月青
空宮[illegible]翠
十里流霞

以茶
[illegible]

满江红

“神舟九号”首次载人空间对接[①]

舟吻天宫，三江奋、五洲横笛。长夜梦、太空行走，喜圆今夕。赶月追星奔万里，跋霄涉阙挥千笔。羡玉宇、速客伴冰轮，无穷碧。

炎黄孙，重九立。翔瀚海，鹏鲲翼。驾惊涛骇浪，拔山神力。壮志敢教苍昊事，银河任我穹青楫。越从容、古国总春华，凌风逸。

【注】 ①2012年6月16日18时37分，“神舟九号”飞船搭载景海鹏、刘旺、刘洋（女）3名宇航员在酒泉卫星发射中心发射升空。2012年6月18日约11时飞船转入自主控制飞行，先后与“天宫一号”目标飞行器在轨成功进行了两次交会对接，第一次为自动交会对接，第二次由航天员手动控制完成。在轨飞行期间，航天员按计划开展了一系列空间科学实验和技术试验，取得了丰硕成果。29日上午10点，在经过13天的太空飞行后，“神舟九号”载人飞船返回舱安全返回地面，航天员健康出舱。

满江红　咏东湖梅岭1号[①]

松啸飞龙，腾空舞、白云黄鹤。多少夜、掌灯迎日，运筹帷幄。萝卜青苗邀贵客，木床轻桌挥浓墨。旧话机、长伴在身边，金光烁。

东湖好，情朴朴。衣补补，钉钉作。算区区火柴，盒装天阔。强国立身天地恸，为民熬苦人间乐。泪难禁、海岳唱长歌，春风陌。

【注】①从1953年起，毛泽东主席生前曾44次下榻东湖宾馆居住和办公，这里是毛泽东主席除中南海外居住时间最长、次数最多的地方。他在这里曾日理万机，接见中外名人及国际友人，并在此写下脍炙人口的诗词《水调歌头·游泳》。毛主席一心为民，生活非常简朴，旧话机用了二十多年不肯调换，用散装火柴好让火柴盒多次使用，宴请外国元首竟上"娃娃菜"（萝卜菜苗），旧衣旧毛巾补补钉钉，睡的是一张普通的木床，亲自植松浇水直至最后一次离开梅岭……

满庭芳　四明山[1]

峦满苍松，崖生桧柏，挂虹飞瀑长廊。直观云海，繁景布遐荒。远处州城幛幔，看不尽、浩浩三江。怀中镜、轻舟载月，百里桂花香。

沧桑。驱敌寇，风雷骤起，血染方窗[2]。璀巍四明山，日月星光。唤起苍生万众，奔大道、天地新装。青峰处，春鹰横绝，仙客捧霞觞。

【注】①四明山位于宁波，曾是全国十九个革命根据地之一，也是中国南方七大游击区之一，是浙东纵队的主要活动区。

②“方窗”指四窗岩。因大俞山峰顶有个四窗岩，日月星光可透过四个石窗洞照射进去，故称“四明山”。

蓦山溪　大九湖湿地公园[①]

苍龙九会，争饮神酿醉。翠雾入平湖，黑水河、天坑分水。菀花开处，看不尽风光，蛮百卉。千寿树，野果呈祥瑞。

高原草地，云海菁葭美。昔日点雄台，战鼓息，烽烟早散。朴纯荒古，日月祉精华，闲世外，称拔萃，汉江源头媚。

【注】　①神农架大九湖又名九湖坪，位于渝鄂交界处，是亚高山的一片湿地，总面积3万亩，海拔1700米，园内有高原植物141科366属964种，其中国家重点保护植物和国家珍贵树种多种。大九湖享有"高山平原"的美誉，并被称为湖北的"呼伦贝尔"、"神农江南"。大九湖四周高山环绕，形成一道天然屏障。东西有九个大山梁，山梁间九条小溪犹如九条玉带从云雾中飘舞下来。九座山峰酷似九条苍龙在争饮甘醇，龙头、龙须、龙身、龙尾无不形象逼真、活灵活现，山下恰好有九个湖泊粼光闪闪，大九湖由此得名。大九湖自然风光怡人，传说遗址众多，主要有：洗马池、薛仁贵后裔、薛刚反周的十字号、娘娘坟、卸甲套等遗址和古迹。

木兰花 送故人[①]

风清云海横峰渡，忽报人间今殁故。汉阳落泪洒鄱帆，炉岫有情燃紫素[②]。

分明垂钓披蓑仆，公道心肠忘苦楚。匡庐借得一山香，放鹤送君西去路。

【注】 ①丙戌年六月二十六日，余在江西庐山开会，忽闻故友鲍贤明谢世，悲痛万分，填词西送。

②汉阳指庐山最高峰——汉阳峰；炉岫指香炉峰。

木兰花 宿镜泊湖[①]

粼粼湖水平如镜，千丈银帘飘月影。清波日照绿如蓝，青岭月笼山更静。

水楼小榭霞光醒，晨鸟双飞花木盛。月湾一宿梦三春，北国依依湖上景。

【注】 ①镜泊湖是中国最大、世界第二大高山堰塞湖，国家级重点风景名胜区，世界地质公园。镜泊湖有奇特的火山地质景观，国内罕见。该湖处于群山环抱之中，山重水复、蜿蜒连绵，时而水平如镜，时而微波荡漾，秀美无比。神奇、恢宏的吊水楼瀑布位于百里长湖北端，由黑色玄武岩形成的环状落水深潭，落差为 20 米，丰水期为三面溢水，瀑布长一百多米，飞流直下，声震如雷，十分壮观。镜泊湖景区为温带大陆性季风气候，春夏秋冬四季分明，景色各异，春花、夏水、秋叶、冬雪异彩纷呈。

木兰花　印象·刘三姐[①]

九天星月邀山水，舟叶竞台箫鼓沸。歌声似海曲如潮，音落东山西岭对。

山歌阵阵清香惠，玉宇嫦娥心亦醉。山歌漾漾五洲风，唱尽人间真善美。

【注】 ①“印象·刘三姐”是大型的广西桂林山水实景演出，实景剧场有1.6平方公里水域、12座著名山峰、61位中外著名艺术家参与创作、600多名演职人员参加演出，于2004年3月20日正式公演。刘三姐是中国壮族民间传说中一个美丽的歌仙，围绕她有许多优美动人、富于传奇色彩的故事。1961年，电影《刘三姐》公映，影片中美丽的桂林山水，美丽的刘三姐，嘹亮的山歌迅速风靡了全国及整个东南亚。“印象·刘三姐”以经典传说“刘三姐”为素材，集漓江山水风情、广西少数民族文化及中国精英艺术家创作之大成，是全世界第一部全新概念的“山水实景演出”。

木兰花 咏明月清风

人生羁旅如舟叶，劲楫摇穷风与月。百年人世百年天，千里清风千里月。

清风送耳烟波接，明月入怀心肺烨。归帆莫负有情人，明月清风生小约。

木兰花　游钱江源[1]

莲花尖上清凉散，九涧十潭春色晚。飞瀑直泻日如晶，暝雾空朦轮月辗。

借来霁夜阴晴半，蓦见锦绫书画卷。鸟归林寂水潺潺，百丈魔崖帆点点。

【注】①钱江源位于浙江省开化县，为国家森林公园，是浙江省母亲河——钱塘江的发源地。这里峰峦叠嶂、岩崖嶙峋、飞泉瀑布、云雾变幻、古木参天、珍禽异兽，最高峰莲花尖高1136.8米，域内千米以上山峰有25座，群峰竞立，气势雄伟。清泉从纵横交错的沟谷涌出，时急时缓，时溪时潭，时瀑时湖。日出云海、日落丹霞、日雨长虹、披银挂素，天象奇幻。钱江源地处浙、皖、赣三省七县(市)交界，有“一脚踏三省”之称。

木兰花 中秋寄友

人生易老月无老，又是一年秋节闹。莫言几度夕阳红，晚彩满天霞更好。

桂飘香露流珠早，电信贺秋心用稿。莫忘今夜月儿圆，弄曲嫦娥弦不少。

木兰花　教师节[①]有拾

又翻一页春风历，甘作人梯心血碧。护苗只望李桃芳，化雨讲台无悔力。

润兰滋蕙时光惜，月夜萤窗灯伴笔。今年犹忆旧年春，景色满园甘露滴。

【注】 ①1985年，第六届全国人大常委会第九次会议通过了国务院关于建立教师节的议案，会议决定将每年的9月10日定为教师节。1985年9月10日，是中国第一个教师节。从2004年开始，有著名人文学者多次呼吁以孔子诞辰日作为教师节（孔子诞生于公元前551年9月28日）。

酒

南歌子　玉兔步月[①]

一夕千年梦，风光地外车。虹湾[②]迎客谱新歌，从此妩娇玉兔伴嫦娥。

念念神州嘱，殷殷六合和。他乡对故笑声呵，互照五星旗帜炫银河。

【注】 ①“嫦娥三号”探测器由着陆器和巡视探测器（即“玉兔号”月球车）组成，于2013年12月2日凌晨1∶30分在四川省西昌卫星发射中心发射，进行首次月球软着陆和自动巡视勘察。12月14日21时11分，“嫦娥三号”在月球表面预选着陆区域成功着陆，并于15日凌晨4∶35分释放出“玉兔号”月球车，在“嫦娥三号”的相机注视下，“玉兔号”缓缓登上月球，并且在月面上留下了属于中国的“脚步”。15日深夜23∶40分许，“嫦娥”、“玉兔”互拍照片，五星红旗辉映碧空。“嫦娥三号”的成功着陆，标志着我国已成为世界上第三个实现地外天体软着陆的国家。

②虹湾是月海之一。它的名称源于拉丁语，意为“彩虹之湾”。

千多年前梦，风光地外奔游。通宵讲新歌，从此嫦娥、嫦娥玉兔伴常娥，念念神州，鹏殿共合，和他织梦，放歌呵，五星旗帜挂银河。

录古某玉兔登月词 [illegible]书

南乡子 兰花村[1]小景

十里溢青苍，兰荫深深水发香。山鸟几声幽谷静，贻芳，蕙草牵人醉故乡。

三月弄春光，日暖风和蝶袖长。桥北茶楼窗树下，跄跄，溪畔人家花事忙。

【注】 ①兰花村位于中国兰花之乡——浙江省兰溪市，溪以兰名，邑以溪名。为了弘扬兰溪传统的"兰文化"，兰溪市在明正德皇帝曾亲笔题词"兰荫深处"的兰荫山麓建起了兰花村。兰花村是兰花培育基地，村落的建筑风格突出兰花，建有小桥流水，舞榭歌台，村中居住的村民房前屋后遍植兰花，徜徉在兰花村中，既像是在江南水乡的农家院落做客，又像是步入兰香幽远的兰荫深处。兰花因其叶飘逸潇洒，其花幽香清雅，其性高洁典雅，使人心旷神怡，可以陶冶情操，自古以来为文人墨客所情有独钟，孔子曰："兰当为王者香。"

念奴娇　小住南麂岛[1]

海天晨早，见晴空万里，云无流色。碧水琼田千万顷，凉送三秋花册。桂魄飞来，白鸥翔去，人似神仙客。静看游鱼，戏佻波舞作乐。

今夕七斗星光，苍穹素月，烟树皆澄澈。信步独吟风露下，由我放声诗拍。尽揾东溟，极毫韵墨，难展清悠国。凭栏观浪，且听宫阙琴瑟。

【注】 ①南麂岛，别名海山，古代又写作“南己山”，位于浙江省东南部海面，隶属平阳县鳌江镇，为我国首批纳入联合国教科文组织世界生物圈保护区网络的五个国家级海洋类型自然保护区之一。

念奴娇

浙商银行[1]建行九年感赋

匆匆九年，见晴空万里，思长秋碧。多少英才书史业，挥动劲苍雄笔。情系民生，墨融社会，绘体强双翼。大江南北，点成银铺历历。

任自盛夏寒霜，浪潮漠漠，稳把行舟楫。帆挂创新耕竞海，百舸喜闻悠笛。洋纳千川，精勤效事，云锦心心织。请盅邀月，赏看渔晚歌夕。

【注】①浙商银行是浙江省唯一一家总部设在当地的全国性股份制商业银行，2004年8月成立以来已走过了九个年头。九年来，在激烈的市场竞争中，浙商银行坚持稳健经营的方针和“一体两翼”的发展战略，实现了速度、质量、效益的协调发展，体现了企业市场行为与履行社会责任的有机统一，取得了一项又一项的殊荣。欣喜之余填词一首，以为见证。

念奴娇 天涯海角[1]随笔

登山马岭，约海风兰瀚，涛花光霁。古道天涯千里路，多少辛酸追忆。魂断征鸿，荒滩露冷，休想归心寄。雄峙海角，刻咽悲剧传记。

盛世游客依依，椰林娑丽，妆影帆舟楫。怀古苏亭诗咏笛，皆唱春堤西施。柱墨遗篇，浪醇珠璧，勾起千层意。南疆横画，借来何处神笔？

【注】 ①天涯海角建有怀苏亭。苏东坡被贬海南岛时已是六十高龄，现海南岛有五公祠和东坡书院两处纪念苏东坡的胜景，书院里有当年苏东坡与黎民讲学的载酒堂。

菩萨蛮　“嫦娥一号”[①]赋

浩渺苍穹天宫阙，古言无骋凭栏藉。却有梦千期，影踪诗里谜。

箭神插翼去，送去三途曲。轻舞伴嫦娥，广寒追月歌。

【注】　①2007年10月24日18时5分，“嫦娥一号”升空，中国探月启程，千年飞天之梦，今天叩问苍穹。

菩萨蛮　青藏铁路①

雪域天路长长笛，神龙一越明明月。春色竞青苍，牧民觞寿康。

千年魂梦蝶，世纪清平乐。新帖写沧桑，高原游醉乡。

【注】①青藏铁路是中国21世纪四大工程之一，是世界海拔最高、线路最长的高原铁路，被誉为“天路”。它东起青海西宁市，西至西藏拉萨，全长1956公里，2006年7月1日正式通车运营。青藏铁路大部分线路处于高海拔地区和“无人区”，修建中克服了多年冻土、高原缺氧、生态脆弱、天气恶劣等大难题，世界罕见。

菩萨蛮 山路弯弯

山湾九曲沙如铁，寒霜更带西风烈。三更月拥楼，有人门外愁。

如今公路筑，隧道通幽谷。飞鸟笑弯溪，绿杨烟水堤。

菩萨蛮　月山[1]桥影

金钩一曲山弯寂，六桥暝色银河夕。举水请如龙，凤来浏水中。

双双风雨笔，一一潇潇笛。相约小村东，望穷流月空。

【注】 ①月山村位于廊桥之都——浙江省庆元县举水乡，村子的后山形如半月，村前溪水曲似银钩，村庄坐落其间，如同山环水抱的一轮圆月，故名月山村。此地闻名于世的六座古廊桥形如长虹卧波，亭台楼阁错落有致，“小桥、流水、人家”恬然优美，置身其中宛若人间仙境。村头和村尾各建了一座廊桥，一座叫如龙桥，另一座称来凤桥，名扬四海。

菩萨蛮 赞南浔农行文明学校[①]

江南小邑文明水，校园香蕊风云媚。花放万家红，吹开一路风。

育人如照镜，贵在天天净。何物最相安？月江归晚帆。

【注】 ①20世纪90年代，江南名镇——南浔在经济迅速发展的同时，一度产生了一些社会问题。为了提高农行南浔支行员工的素质，增强他们的免疫力，1997年，在支行行长张建新的精心策划和带领下，创办了集思想教育、业务培训、文化娱乐于一体的文明学校，利用晚上时间，把支行员工邀集在一起开展学习、培训、联谊活动，收到了非常好的效果，有力地推动了两个文明建设，在社会上及全国农行系统引起了强烈反响。全国17家媒体联合采访，南浔支行获多项殊荣，张建新光荣地当选了党的十六大代表。

菩萨蛮　草原城[1]之夜

蒙古包里欢歌舞，异乡醇酒春波绿。塞外月明明，乡亲挥笑声。

有人吹断笛，只道银河夕。把酒问来人，天空几片云？

【注】 ①草原城位于内蒙古自治区呼和浩特市。

千秋岁　悼念周总理

噩浑惊众，华夏哀声恸。朝野泪，悲潮涌。中华梁栋失，天地山河痛。星陨祭，鼎功盛德千秋颂。

尽瘁虹天日，躬鞠亲民事。音貌在，清风史。剑锋丧敌胆，四海川胸志。追日月，古今相行谁人似？

沁园春　观越剧《陆羽问茶》[①]

朝剪春芽，暮采秋霞，万丈淡清。履东庐西峡，北嵩南岭，饮泉嚼翠，问道茶经[②]。山野村夫，凌霄壮志，可与天公比励精。流光走，喜巨篇留世，千古垂青。

茶香飘落民家，伴爽气长存岁月增。最杯舟苦涩，花笺养性，茗瓯立德，玉宇心澄。茶事茶人，茶门茶品，如净芸生和善风。吾何求，访幽轩未晚，茅舍一翁。

【注】 ①《陆羽问茶》越剧，展现了茶圣陆羽“淡泊名利、寄情山水、潜心问茶、立志写经”的茶人形象，淡雅中含有些许苦涩。陆羽（733—804），一生嗜茶，精于茶道，被誉为“茶仙”，尊为“茶圣”，祀为“茶神”。唐朝上元初年（760），陆羽隐居江南各地，撰《茶经》三卷，对中国茶业和世界茶业发展作出了卓越贡献。

②《茶经》是中国乃至世界现存最早、最完整、最全面介绍茶的第一部专著，被誉为“茶叶百科全书”。

沁园春 华顶云鹃[1]

五月华峰，万丈春烟，换尽岫天。令茫茫碧海，荣枝竞发，妆红点点，花团簇簇，灯举云间。粉若芙蓉，姣似清荷，媚绝人寰岁月淹。云中沐，有娑罗香伴，芳晚魂牵。

骄阳移上三竿，忽迷雾濛濛琪树[2]迁。见白云缭绕，碧桃隐现，瑶台花景，华厦奇观。莲步风姿，独轩寒峭，超脱凡尘一路仙。思归否，问九洲游客，谁不流连？

【注】 ①"人间五月芳菲尽，华顶杜鹃始盛开。"华顶山位于浙江省天台山，山顶云锦杜鹃树姿优美、花色娇艳，堪称华厦奇观。云锦杜鹃梵语称娑罗，当地人将它称为娑罗树，它以"苍干如松柏，花姿若牡丹"而成为杜鹃花中的佼佼者，是我国特有的珍稀树种，成片成林面积近 300 亩，且树龄在 200 年以上并形成古树群，唯天台华顶山独有。华顶山四周群山拱秀，峰岗重叠，云雾终年在峭崖洞间缭绕。由于山高气寒，四时花信常迟，每年 5 月，华顶山云锦杜鹃盛开。

②"琪树"及下文的"碧桃"均为传说中的天庭仙花。

蒋志新词　翁征模篆

青玉案　春夜过富春江[①]

凌波一路花千树，见岸晚、风中雨。片片芬芳江底渡。玉轮东起，竹箫篱户，惊动春知鹭。

青山静静看春夙，峰影漪漪与鱼舞。试问人寰能几处？一川丝柳，满津烟絮，此地听柔橹。

【注】 ①富春江为浙江省中部河流，是钱塘江桐庐至萧山闻家堰段的别称，长110公里，流贯桐庐、富阳两县，其上游为新安江，俗称三江会钱塘。富春江两岸山色青翠秀丽，江水清澈碧绿，在山水之间还分布着许多名胜古迹。黄公望曾作名画《富春山居图》，表现了富春江富阳桐庐境内一带的美丽风景。

青山靜靜寫長風
峰影澹澹與魚舞

蔣志彝詞集存通當集江 呂祺書

青玉案　谒江心屿文天祥祠[①]

春风一夜花时雨，被铺得、芳尘路。留居江心三里雾。复兴雄志，岂堰旗鼓，碧血丹心著。

瓯江滚滚看春暮，留下惊天国公句。抗节成仁千古竖。抚今追昔，汗青砥柱，正气凌风树。

【注】 ①文天祥祠原名宋丞相文信国公祠，位于今温州江心屿，是崇祀南宋民族英雄文天祥的纪念性建筑。文天祥(1236—1283)，今江西吉安市文山村人，20岁中状元，历任提刑、尚书左郎官等职。德祐元年元军大举南侵，他奋起抗元未成，历经艰险后抵温州，留居江心屿一个月，题有《北归宿中川寺》诗，表达了复兴社稷的决心。后拜右丞相，都督诸路军马，转战闽、赣、粤等地，加封为少保信国公。十二月在海丰兵败被俘。囚禁三年，坚贞不屈，赋《正气歌》以明志，从容就义，卒年47岁。明成化十八年(1482)，在江心寺东侧隙地建祠纪念。千百年来，文天祥作为民族英雄受到人们的崇敬，《过零丁洋》诗中“人生自古谁无死，留取丹心照汗青”一句千古传诵。

青玉案　三峡大坝

万年江石横空出，滚流截、长龙伏。烨笔平湖怀若谷。梦魂深晚，春波新绿，醒忆中华夙。

飞云过处摩天鹄，三斗坪[①]开五湖熟。劲步萧萧千里目。蓦然回首，百艘竞逐，燕子花营筑。

【注】 ①三斗坪位于中国湖北省宜昌市西，长江西陵峡中部南岸，黄牛岩北麓，邻秭归县境。传昔有人以三斗米开店得名，现为三峡大坝的坝址所在。

清风八咏楼　读《乡村岁月》[1]

泼墨见青山，字字旧时情，毫端深㳌。一缕清风好。喜八旬老翁，倾言存草。抚今追昔，忆岁月、凭栏吟道。似烟雨、春夏秋冬，不知坎坷多少。

霜星偏爱人杰，几长夜无眠，漏声晨鸟。啼林催早。最农家共梦，太坵[2]香稻。奔途迢险，纵先河、模具[3]幽抱。莫停手、举起金杯，掩卷醉樽同翱。

【注】 ①谨以此词献给《乡村岁月》的作者、原镇海县塔峙公社党委书记、原镇海县文教局局长、宁波市北仑区司法局原局长乐小康先生，并祝贺他的八十寿诞。

②太坵系低洼贫瘠的水稻田畈。

③模具泛指生产模具的社队企业。

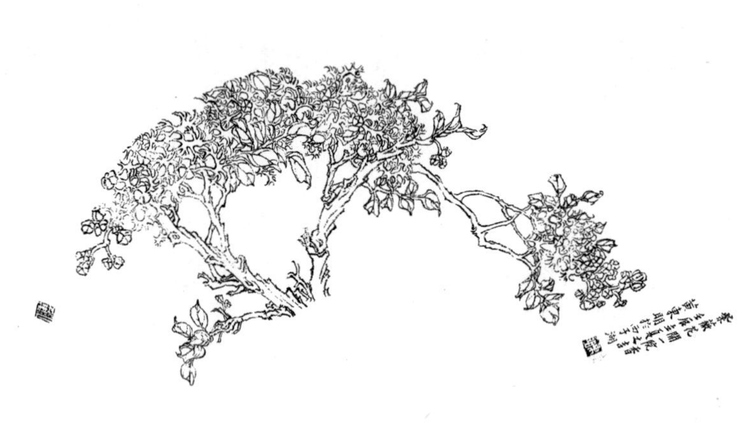

清平乐 立冬寄语[①]

七年寒暑，心随风潮步。明月三江云水处，谁在这边擂鼓？

来时雾问秋匆，去程虹挂长空。莫道光阴难系，情留东海初衷。

【注】 ①丁亥年立冬，赠献明友调离宁波农行即赋。

清平乐　闽西土楼[①]

急风顶雨，直向西山举。漏夜长长离梦去，永定醒光逸趣。

土楼巧夺天工，百年旧貌恢宏。王子圆门璀璨，留了神绣遗踪。

【注】 ①闽西土楼是历史上客家人从黄河流域迁徙到闽西后，为了便于群居以及抵御匪患，结合当时中原汉族建筑而创造出的奇特建筑，具有经济性、坚固性、防御性、艺术性特点，尤以永定土楼最为著名，千姿百态，种类繁多，被称为一座没有大门的中国客家土楼博物馆。

清平乐　北海[1]银滩

北澜云漫，风卷椰林烂。浪击银滩千叶乱，晖点泳装无限。

潮退沙露妆台，几鸥频戏新裁。南国此多壮美，尽凭大海胸怀。

【注】 ①北海位于北部湾畔，是中国古代“海上丝绸之路”的始发港，“朝沧梧而夕北海”，北海的名字很早就有了。北海是个美丽又浪漫的海滨城市，是全国首批沿海开放城市、国家历史文化名城，气候宜人，植被丰茂，风光旖旎，环境优美，有中国城市“氧吧”的美称。北海银滩是其最著名的风景名胜区，沙白水净，浪软如毯，被国家列为中国五个最美度假胜地之一。广西则以“北有桂林山水，南有北海银滩”而自豪。

清平乐　戈壁绿洲[1]

碧如翡翠，泉漫清心醉。祁连雪情培百卉，一片菜花金蕊。

旧时戈壁沙滩，如今流水潺潺。怎说大漠无潋？且看秀丽东澜。

【注】 ①戈壁绿洲系指嘉峪关市，城里的水源来自祁连山断层。嘉峪关南市区有东湖生态景区，湖面面积56万平方米，库容315万立方米，绿化总面积90万平方米，是嘉峪关市城建史上规模最大的生态建设工程，景区以人为本、以水为脉、以绿为基，形成了有江南特色的“三池水，一片绿”的风光。

清平乐　南京[①]

古往今是，风雨多多事。滚滚长江流水逝，浪雪堆成诗史。

天师百万雄戎，古都枯木生荣。楼晚清风新曲，钟山[②]天下为公。

【注】 ①南京，简称"宁"，别名：建康、金陵、建邺、应天、石头城。南京有着两千五百余年的建城史和近五百年的建都史，是中国四大古都之一。南京位于长江下游，是承东启西的枢纽城市和门户城市。1912年，孙中山在南京就任中华民国临时大总统，以其为中国首都。1949年4月23—24日，中国人民解放军占领南京，古都重生。

②钟山，位于南京市东北郊，为宁镇山脉西端，横亘于南京中山门外，古名金陵山、圣游山，三国时东吴曾称它为蒋山。钟山因山上有紫色页岩层，在阳光照映下，远看紫金生耀，故人们又称它为紫金山，有"金陵毓秀"的称誉。山势蜿蜒起伏，抛若游龙，故古人称"钟阜龙蟠"。

清平乐　神农架[①]

雾山绕髻，风雨存神脊。古木参天花亦力，费解其中谜笔。

天播原始洪荒，野人传露云冈。不求酒楼清静，但愿古朴流芳。

【注】 ①神农架位于湖北省西部边陲，是1970年经国务院批准建制，直属湖北省管辖，我国唯一以“林区”命名的行政区。神农架平均海拔1700米，最高峰神农顶海拔3105米，为华中第一峰，神农架因此有“华中屋脊”之称。神农架夏无酷热、冬无严寒，气候宜人，且立体气候十分明显，“山脚盛夏山顶春，山麓艳秋山顶冰，赤橙黄绿看不够，春夏秋冬最难分”。神农架还拥有当今世界北半球中纬度内陆地区唯一保存完好的亚热带森林生态系统，动植物区系成分丰富多彩，“野人”之谜具有令人神往的诱惑力。

清平乐 雪中送款①

银龙狂舞，雪压青松谷。民众深山遥等助，那怕漫天飞阻！

肩背钱袋千斤，挣来水汗融身。一句冷暖问得，胜过三月阳春。

【注】 ①余年轻时在农村信用社工作，当时没有运钞车，自行车是最高档的交通工具。是年连降大雪，深山雪高数尺，信用社运钞极其艰难。

清平乐

谒满洲里[①]红军烈士纪念塔

北疆门户，昔日强人恶。烈士唤来晨早曙，从此人间欢度。

八方车路陲垠，满城商贾如云。万顷呼伦湖彩，尤多乐业新闻。

【注】 ①满洲里原称“霍勒津布拉格”，蒙语意为“旺盛的泉水”，1901年因东清铁路的修建而得名，俄语为“满洲里亚”，音译成汉语为“满洲里”。它位于内蒙古呼伦贝尔大草原的腹地，东依兴安岭，南濒呼伦湖，西邻蒙古国，北接俄罗斯，是我国最大的沿边陆路口岸，居住着蒙、汉、回、朝鲜、鄂温克、鄂伦春、俄罗斯等二十多个民族，是一座独领中俄蒙三国风情、中西文化交融的口岸城市，素有“东亚之窗”的美誉，被誉为“北疆明珠”。中西交融的城市风格，独具魅力，犹如一幅幅自然生态与现代景观。20世纪二三十年代，满洲里是我党与共产国际的红色通道；40年代，苏联红军从这里打响了欧洲战场支援太平洋战场的第一枪，现建有红军烈士纪念塔。

鹊桥仙 山城[①]之夜

灯楼灯曲，灯船灯塔，如月如花如画。斑斓烟漫彩妆桥，载不尽、山城冬夏。

珠光闪烁，虹霓生笔，似梦似酣似洒。朝天门外水东流，却胜似、巴渝金砑。

【注】 ①山城即重庆，夜景自古雅号“字水宵灯”，因长江、嘉陵江蜿蜒交汇于此，形似古篆书“巴”字，故有“字水”之称，“宵灯”更映“字水”。山城夜景流光溢彩，极为瑰丽，美不胜收。

鹊桥仙　那拉提草原[①]

芳草蒨蒨，百花驰想，骏马驰骋牧场。空中草苑赛江南，见毡内[②]、新茶奶酿。

林中豪杰，野原魁首，千岁胡杨[③]盎盎。巩河有幸载莹君，又道是、风姿别样。

【注】 ①那拉提草原位于新疆伊犁州新源县，是世界四大草原之一，自古以来就是著名的牧场。每年6～9月，草原上各种野花开遍山岗草坡，使优美的草原风光与当地哈萨克民俗风情结合在一起。

②毡房是哈萨克族民间建筑。春、夏、秋三季，哈萨克牧民住的“宇”，是可以拆卸和搬运的圆形毡房；冬天则在冬季牧场建平顶土房。毡房就地取材，有的房顶饰有红色等色彩图案，一般向东开门。

③胡杨又称“胡桐”、“眼泪树”、“异叶杨”，为杨柳科落叶乔木。它和一般的杨树不同，能忍受荒漠中干旱、多变的恶劣气候，对盐碱有极强的忍耐力。在地下水的含盐量很高的塔克拉玛干沙漠中，照样枝繁叶茂。人们赞美胡杨为“沙漠的脊梁”。巩河位于伊犁州。

[illegible]

騄馬馳騁校場
千歲胡楊競[illegible]
為志華兄詞句 [illegible]

人月圆　赞东阳木雕《航归》[1]

海天一色霞光灿，万里好江山。青松不老，群鸥展翅，曲弄航帆。

千梅怒放，蕊红吐翠，纤手同澜。祥云似火，归舟彻晓，古国心湾。

【注】 ①东阳木雕《航归》是中国工艺美术大师陆光正的力作，当年被浙江省人民政府选为赠送给香港特区政府的礼品，是东阳木雕中的精品之一。

浙江东阳木雕自唐至今已有千余年的历史，北京故宫及苏、杭、皖等地，都有精美的东阳木雕留世。东阳木雕，是以平面浮雕为主的雕刻艺术，其多层次浮雕、散点透视构图、保留平面的装饰，形成了自己鲜明的特色。又因色泽清淡，格调高雅，被称"白木雕"（示以木材的天然色泽，不同于彩绘），是中华民族最优秀的民间工艺之一，被誉为"国之瑰宝"。

人月圓

贊東陽木雕航歸

海天一色霞光爍萬里好江山
青松不老群鷗展翅曲弄航帆
千樹怒放蕊红吐翠纤手同瀾
祥雲似火歸舟徹曉古國心湾

蔣志華賦
駱光彩書

如梦令　火焰山[①]

百里热风飞马。四季难分冬夏。四海第一山，难求清风凉榻。奇讶，奇讶，人却涌动山下。

【注】　①火焰山，维吾尔语称“克孜尔塔格”，意为“红山”，位于新疆吐鲁番盆地的北缘，古丝绸之路北道。山长100多公里，最宽处达10公里，主峰海拔831.7米。火焰山光山秃岭，寸草不生，飞鸟匿踪。每当盛夏，红日当空，砂岩灼灼闪光，气流翻滚上升，就像烈焰熊熊，火舌撩天，故得名。火焰山是中国最热的地方，夏季最高气温高达摄氏47.8度，地表最高温度高达摄氏70度以上。而沟谷中却绿荫蔽日，风景秀丽，流水潺潺，瓜果飘香。

如梦令　上学[①]

包内旧书新藏，悄将布鞋平放。路上饱风霜，更是脚磨沙浪。休荡，休荡，上学已滋天赏。

【注】 ①小时由于家境贫困，余舍不得穿鞋。上学时将娘一针一针缝的布鞋放入书包，走十多里的沙石路，到校洗脚后穿鞋进入教室，冬天双足冻疮肿痛难忍。上学虽苦，但却磨炼了自己发奋学习的意志。

如梦令 中南海试技[①]

昨接试机叮咐，惶恐班门玩斧。电脑代人工，恰似小孩开步。行不？行不？幸喜点头花露。

【注】 ①2000 年 5 月 29 日，应国务院办公厅邀请，余和同事一行四人赴中南海作管理信息系统演示汇报，得到国务院办公厅有关领导和专家的充分肯定，有的技术被采用。

阮郎归　病中吟

寒风今夕削门窗，丝丝牵月光。雁声犹带晚秋霜，韵来野菊黄。

搜字句，细裁量，我言自己狂。平平仄仄结成行，病歌更断肠。

阮郎归　山竹

江南春到绿般般，新娇破土关。挺身云雾耸腰山，高风岂惧寒。

云可断，节何弯，宁痴直笛弦。虚心韵调唱清泉，此情别也难。

輕身雲霧從與山
虛心韻調唱清宗

蔣志義山竹詞句 為昌樵篆

阮郎归 重阳

秋风秋雨弄花黄，归人步故乡。去年今日是重阳，人间九九长。

新路上，旧时肠，举头见瓦当。梦魂纵使泪门墙，思亲天一方。

少年游

效实中学[1]百年华诞感怀

苍松烟树斗星桥，风物竞潇潇。百年学府，育才灏灏，今日涌新潮。

晚霞似火秋光好，情思若涛涛。岁月如流，最牵年少，甜梦旧时邀。

【注】 ①宁波效实中学创建于1912年，校址座落在宁波西门口北斗河畔。“效实”之名，语出严复译的《天演论》“物竞天择，效实储能”句。从20世纪50年代起，效实中学先后被列为浙江省重点中学、中国百强中学。建校一百年来培养了4万名学生，其中有15名成为院士。2009年9月，学校迁至城西白杨街柳西河畔。2012年10月20日举办了百年校庆。余于1962年毕业于效实中学高中，时日应邀参加校庆，五十年后同班同学相聚，风华年少皆成七旬老人，蓦然回首，情感交集，即兴填词。

生查子　长安古乐[1]

行坐越千年，歌舞京城乐。流落在民间，一镜昭昭月。

律调谱蓝田，笙笛悠山岳。古曲奏人间，遗韵天宫阙。

【注】 ①长安古乐起源于长安，又称“西安鼓乐”、“西安古乐”或“长安鼓乐”。它流传于陕西境内以古长安为中心的关中平原一带，自唐朝至今已逾1300年。唐“安史之乱”中，大量的宫廷乐人流落民间，将宫廷音乐带入了长安的民间里巷，古乐随即在民间传承发展，流传在西安和近郊区蓝田等县区，形成了一套比较完整的古乐曲演奏体系。有文字记载、有乐谱相传的曲目约有一千余首，是现存世界最古老、规模最大、系统最全，律、调、谱、系、曲最完善的古老民间乐种。它的演奏形式分为行乐和坐乐两大类，行乐是行走时演奏的乐曲，坐乐为坐着演奏的套曲曲牌，乐器有笛、笙、管、鼓、锣、铙、大钗、小钗、木鱼、大小梆子、水铃等二十余种。长安古乐享有“世界音乐活化石”的声誉。

生查子　寄人工增雨[1]

烈日煮禾田，飞鸟炉林浴。入伏气温高，急煞农家女。

昨夜彻灯明，问计连天宇。火箭现雷霆，午见倾盆雨。

【注】①2013年夏天入伏以后，浙江各地连续高温，有的地方气温高达摄氏40度以上，给农业生产、林业生产等都带来了严重影响，也给城乡居民工作和生活带来许多不便。各地人工降雨部门抓住积云机会，发射火箭弹及时催雨，收到了不同程度的成效，有的地方一次人工增雨作业，降水50多毫米。触景生情，由感而赋。

生查子　赛里木湖[①]

日照冷湖蓝，风起群羊白。远去小轻舟，草地云杉勃。

天鹅语悄悄，犹恐惊鱼鲅。牧笛唱悠悠，茶奶清清酌。

【注】 ①赛里木湖位于中国新疆博尔塔拉州博乐市境内的北天山山脉中，丝绸之路的北道，是一个风光秀美的高山冷水湖。湖面海拔2070多米，面积453平方公里，平均水深46.4米，最深处达106米。赛里木湖古称“西方净海”，蒙古语称“赛里木淖尔”，意为“山脊梁上的湖”。因传说赛里木湖是由一对为爱殉情的年轻恋人的泪水汇集而成的，也被称为天池和乳海。赛里木湖湖滨水草丰富，为优良牧场。夏季，湖畔草茂花繁，辽阔的草原上，幕帐点点，牛羊成群，构成了一幅美丽动人的画卷。湖周植被以草原和森林广布为特征，云杉林是湖周主要森林，苍劲挺拔，层叠塔林。林中还栖息马鹿、雪鸡等异兽珍禽，湖中天鹅、斑头雁等水禽畅游嬉戏。

生查子　三衢山[①]行

龙蛇争霸奇，仙女梳妆美。怪石走三千，峭壁岩林翠。

长廊藤紫牵，幽谷花馨泪。白鹭点花溪，娟秀挑人醉。

【注】 ①三衢山位于中国胡柚之乡——浙江省常山县。境内翡翠石林风景区地质剖面界定为4.5亿年前奥陶系地质年代，俗称“金钉子剖面”。景区内喀斯特地貌发育完全，三衢长廊，紫藤峡谷，石林与藤蔓相互交错，各种动物造型奇特，惟妙惟肖，堪称“江南一绝”。距“金钉子”剖面不远处，在不到4公顷范围内聚集了3万多种鹭鸟，形态各异，雍容优雅，它们群起群落，形成了一道壮丽的自然景观。

生查子 元宵节

年年元夕时，最忆灯牵柳。满月挂梢头，风带丝丝秀。

钱塘不夜天，染得江如昼。笑语入千门，梅动香依旧。

十六字令　无偿献血[1]

行！卷袖心潮一水平。看抽血，不老世间情。

【注】 ①1991 年 4 月 4 日，余带领省农行机关干部职工一起无偿献血，时年 48 岁。

千[illegible]袖一心[illegible]
[illegible][illegible][illegible]袖[illegible][illegible]
看世間情

十六字令 無償献血

蔡志華詞 [illegible]書

霜天晓角　茶思

风霜几洗，一叶香千里。终有万盅难尽，长亭路、当留意。

青山茶岁记，薄云皆有义。凉了不须拘泥，抬头望、清霞寄。

茶思

霜天晓角　游山海关[①]

摩天剪烂，横岛雄关炫。都说奋戈挥骑，巾帼女，苍生念。

夕阳西渡漫，匾额牵醉眼。悠步上楼闲眺，霞似血，长城瀚。

【注】 ①山海关，又称“榆关”，位于秦皇岛市东北，汇聚了中国古长城之精华，为明长城的东北关隘之一，有“天下第一关”之称，与万里之外的嘉峪关遥相呼应，闻名天下。山海关城，周长约4公里，与长城相连，以城为关，城高14米，厚7米，有四座主要城门，多种防御建筑。明末女将军秦良玉镇守过山海关。“天下第一关”匾额为明代著名书法家萧显所书。

霜天晓角　望海峰[1]观日出

蒸云寝壑，巍座天台扼。云水渺迢轻舞，旭日海，千重色。

明霞光万褶，青烟缭百折。风卷极峰高处，沧瀛见，群山策。

【注】①五台山东台顶亦名望海峰，海拔2796米。东台日出是五台山的一大自然景观，每当旭日初升，霞光万道，云山雾海，群峦奔腾，气象万千。东望明霞，若陂若境，亦见沧瀛诸州。

霜叶飞　汶川地震[①]

地崩山裂。无情怵，万家横祸凶劫。半壶浊水荐黄花，见泪滴如血。护背你、无言诀别，但祈来世缘巢鹊。更爱娃声碎：母莫哭、天堂有路，惊梦常觉。

天地昏黯悲伤，国旗低垂，众志灾场真切。一丝希望万颗心，化竭岷顶雪。此际爱、云成海岳，回首磨难寒殇劫。细思量、朝前看，民族精神，国魂如铁！

【注】 ①2008年5月12日14时28分4秒，四川汶川、北川，8级强震猝然袭来，山河移位，生离死别。这是新中国成立以来破坏性最强、波及范围最大的一次地震。此次地震重创约50万平方公里的中国大地。为表达全国各族人民对四川汶川大地震遇难同胞的深切哀悼，国务院决定，2008年5月19日至21日为全国哀悼日。自2009年起，每年5月12日为全国防灾减灾日。

民族精神国魂如铁

三生只解鸳梦
常觉民族精神
国魂如铁

蒋忠义词句
纪汶川大地震

水调歌头　普陀山[①]

古刹显宫净，鸟语话花闲。携来缭绕云雾，紫竹弄波澜。滩展潮高水落，洞响岩馨石剥，金沙映蓝天。百里桨帆竞，装点暗香湾。

磐陀坚，普济灿，莲花鲜。海天佛国，无限遐想在人间。难得双龟听法，心系琉璃宝塔，挺立白云边。但愿和谐久，岁月永相欢。

【注】 ①普陀山原称“梅岑”，是我国四大佛教名山之一，全国最著名的观音道场，素有“海天佛国”、“南海圣境”之称。岛上风光旖旎，洞幽岩奇，古刹琳宫，云雾缭绕，山海相连，秀丽雄伟。岛四周银涛金沙环绕着大批古刹精舍，构成了一幅幅绚丽多姿的画卷。

水调歌头　峥嵘岁月[①]

明月皎东海，浪激北仑山。路坡坎坎，双轮[②]载夜辗霜还。方饮共同泉水，又见红梅吐蕊，风步走城湾[③]。今夕是何岁？烛尽笑年关。

多少事，从来急，岂求闲。此生无愧，民间忧乐挂长帆。回首善滋朋辈，放眼祥龙世味，烂漫五花船。幽岛学垂钓，泊岸看波澜。

【注】 ①谨以此词贺善祥友退休。

②当时自行车为最主要的交通工具，是工作用车，也是运钞车。

③“共同”、“城湾”为原镇海县（后划归宁波市北仑区）塔峙公社两个生产大队，现为两个行政村。

水调歌头　退休[1]

烟雨挽春色，纸使退休令。寄公四十余载，还得切身轻。饱历人生坎坷，留下清风晚景，最慰是公平。回首笑知足，长忆惟真诚。

深感慨，将诗进，念恩情。艰辛岁月，深心敲学透肺倾。慈母挥劳耕汗作，糟内持家负重，行色总匆程。常照泽光镜，谈笑诵梅经。

【注】 ①2008年4月12日，接到总行批准余退休的文件，虽无人找余谈话，却心平如镜，回首往事，一纸足矣，感怀填词。

水调歌头 退休自乐

风雨草民路，解甲在钱塘。一生何问名利，日月尽闲长。引睡诗书作伴，早起公园散步，吟句醉家乡。砚墨溅池学，断字倚东墙。

问生计，陈民意，纸一张。力图能及，研调如拾饭茶香。买进烟波八斗，吐出真丝一匹，何乐不匆忙？常挂感恩念，两鬓抹时霜。

水调歌头　圆梦北京奥运会[①]

盛世鼓箫跃，岁月玉音催。百年奥运圆梦，今夕旷云辉。鼎沸神州起舞，巢鸟良宵弄曲，圣火宇空归。新咏挽天唱，欢絮月宫飞。

千载愿，寻梦路，艰辛碑。福娃吐韵，京华秋事万民追。迎约洲天宾客，写下人间和爱，健步喜端杯。古国文明史，长卷见巍巍。

【注】 ①2008年8月8日20时，第29届奥林匹克运动会在北京开幕，参加的运动员、教练员和官员有6万多人。余怀着激动的心情，边看电视边写下了这首词。

苏幕遮　秋日乡思

菊花黄，霜叶起。秋水生波，波似青罗绮。雁喊长空回北里。一缕乡魂，系去风云际。

寄青天，愁绪启。只为归期，好梦谙知意。冷静山湾人可忆？潇雨涟涟，只理游思细。

苏幕遮　山村茶事

菜花黄，桃叶涤。春醉茶芽，箩数清香滴。风起罗衣双手翼。捎去山歌，似约苍鹰击。

又新楼，开业吉。门卷幡旗，雅座无虚席。壶叫声声翻浪急。做客农家，韵尽诗心笔。

美蹟茶芽織數渡香滿
揖去山影似幼蕨應聲
以春情擷聯座壁座席
傲寒農家韻書詩心筆

錄嘉興山村茶事詞句 蔣[illegible]

苏幕遮　嵩山[①]

颍河歌，崖瀑蹈。峻极凌虚，日出嵩山坳。五代同堂峰不老。碑塔生辉，古刹晨钟早。

叠峦葱，云壁峭。风晚林涛，太室飞霞好。十度虹幡迎武曌。星晓观台，斗转知瑰宝。

【注】 ①嵩山位于河南省登封县境内，称中岳，被称为我国文明的发源地，入选世界地质公园、世界文化遗产名录。嵩山的地质以断裂为主，山势陡峻，具有太古、远古、古生、中生、新生五个地质年代的特征，故称“五代同堂”。女皇武则天曾 10 次登嵩山，改嵩山为神岳。山中少林寺、观星台等举世闻名。

诉衷情 政协抒怀[①]

事年花甲气心融，梅寄晚香浓。业无豪言壮语，只望挺邦风。

陈计策，进民忡，举由衷。试竿翁钓，明月生怀，浩瀚晴空。

【注】 ①2003年1月到2008年1月，余当选中国人民政治协商会议浙江省第九届委员会委员，并担任农业和农村工作委员会常务副主任。五年中，年过花甲的余，深入农村、企业、山区、海岛调查研究，了解民情，反映民意，积极建言献策，不少建议、提案被党政部门采纳，为党和人民做了一些有益的工作，还多了不少忘年之交，是余人生路上的新里程，无论是夏天采荷，还是冬日钓雪，都记忆犹新。

踏莎行　居庸关[①]

翠抱云台，花迷险路，满山枫叶霞烟吐。歪瓜裂枣客生津，传书鸿雁风声树。

岁岁雄关，长长史卷，点将台上红巾数。挥师守土势凌云，江山万里鸣钟鼓。

【注】 ①居庸关是万里长城的重要关口，有“天下第一雄关”之称，距北京约50公里，为保卫京师的屏障。与嘉峪关、山海关齐名，但因其地势险要，位列三关之首，为历代兵家必争之地。居庸关以险著称，大有“一夫当关，万夫莫开”之势。居庸关还以景色秀丽著名，有“花木长城”的美誉。居庸关附近，还有“六郎寨”、“穆桂英点将台”等景点，增添了这座雄关的风采。

踏莎行　七十抒怀

岁月几秋，人生七步，花开花落悠悠路。山村小草久经霜，春回陌上南熏数。

两袖清风，一身泥土，拉纤踩浪为公渡。夕阳照我好人家，诗词百首年年富。

踏莎行　闲步义乌市民广场[①]

灯上初更，薄云帷幔，层楼披绿阴阴见。
凉风阵起淡波光，舞歌乱扑垂杨面。

玉兔凌空，巢归劳燕，古城昔日依稀渐。
何来一爆[②]力惊天？绣湖可解沧桑变。

【注】 ①义乌市民广场又称绣湖广场，是义乌城市的象征。一期工程于1999年1月正式启动，拆除低矮破旧的老城区建筑总面积54万平方米。工程于2002年10月基本建成，完成投资额近30亿元，是当时浙江省投资规模最大、规划档次最高、向地下拓展空间最为成功的旧城改造建设项目，是义乌向建设现代化大都市迈出的重要一步，旧貌换了新颜。当时中国农业银行义乌市支行情系义乌，首家授信2亿多元支持该项目，写下了浓重一笔。

②“一爆”指地面引爆摧毁旧建筑物。

踏莎行　闲步义乌市民广场

燈上初更，簾雲帷幔，層樓披綠陰陰見。涼風陣起淡波光，舞歌亂撲垂楊面。

玉兔凌宵，巢歸勞燕，古城昔日依稀漸。何來一爆力驚天，繡湖可解滄桑變。

錄蔣志華先生詞一首　賓王後人駱宅黎書

太常引　寄语杜君退休[①]

六旬光景似清波，往事水中磨。举杯问星罗：总能够、青春绽播？

夕阳万里，驾风驰海，直穿少年梭。展翅看帆过，比野鹤、诗情更多。

【注】 ①壬辰正月于宁波北仑为好友杜灿明退休而作。

太常引　人生如茶

南山二月剪春芽，片片袅窗纱。烹就一壶霞，把杯举、清香更加。

淡浓如自，浮沉不语，脉脉伴阳斜。莫道岁流华，过去了、人生似茶。

唐多令　二十春秋两瓶酒①

红日照东楼，光阴如水流。二十年、路过稠州。好友相逢情似旧，两瓶酒，又共秋。

烟事去还遒，清风同渡舟。忆犹深、明月长留。珍把陈酿藏醉腑，忽觉得，屋添筹。

【注】 ①谨以此词赠给光寿友，感谢他忆述二十年前，他父女两次送两瓶酒、余两次退两瓶酒、二十年后重送两瓶酒的感人故事。辛卯年冬至于义乌。

附骆光寿和词：

唐多令　三十年华酿心酒

——和蒋行长"二十春秋两瓶酒"

蒋行长为本人二十年前事填词，今又回赠三十年陈酒，情感至谢，受宠若惊，乃学着和词一首，以表心志。

岁月写永恒，年华难泻流。三十载、长忆杭州。师长关怀道备至，大坛酒，记春秋。

往史久不忘，真情如行舟。情更浓、教悔永留。玉液琼浆润心头，总深感，室满筹。

紅日照東樓光陰似水流二
十年路過稠浙好友相逢情
似舊兩瓶酒又共秋
煙事去還遒清風同渡舟懷
猶添明月長留珍把陳釀藏
蹉跎忽覺得屋添籌

唐多令 二十春秋兩瓶酒 蒋志華賦词 熊光榮作书

天仙子　雪梅迎春[1]

枝问数声梅絮醒，飞雪焙红龙岁竟。竹风潇雨弄春音，花月静，溪流景，印水翠烟娆愫影。

岗上晚星云秀颖，人不负年年起敬。步宽闲庭伴寒香，天似秤，心如镜，明夕玉蟾应满径。

【注】①壬辰年岁末于九溪。

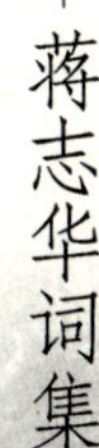

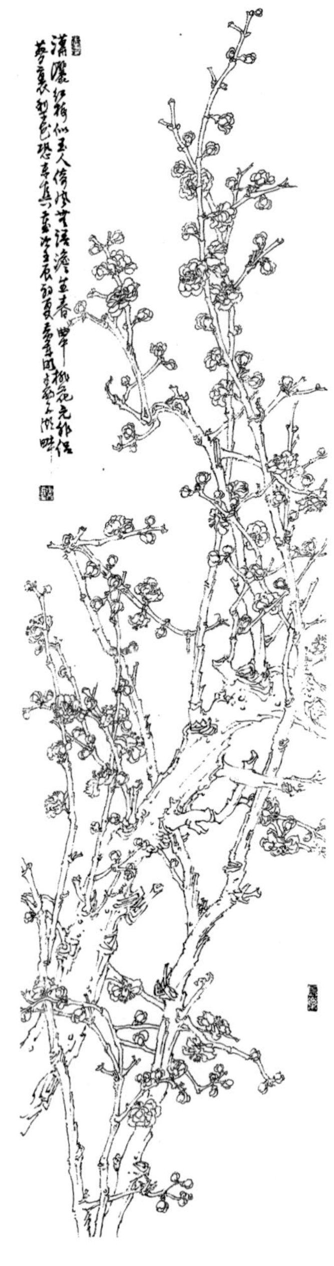

天仙子　昭君[1]墓感

琵调语声枝鸟引，行走水山苏草嫩。汉胡和亲润关河，车轨亘，相安信，七彩庆云倾眷顺。

九月塞边秋叶尽，唯有蒨冢垂荫荫。问君归里定何秋？拥黛寝，酣遒劲，情挽玉颜单于阵。

【注】①王昭君约于公元前52年出生，她天生丽质，聪慧异常，擅弹琵琶，琴棋书画，无所不精。公元前33年，北方匈奴首领呼韩邪单于主动来汉朝，对汉称臣，并请求和亲，以结永久之好。汉元帝尽召后宫妃嫔，王昭君应诏。昭君出塞后，汉匈两族团结和睦，国泰民安，展现出欣欣向荣的和平景象。王昭君去世后，厚葬于今呼和浩特市南郊，墓依大青山，傍黄河水，后人称之为“青冢”。昭君的故事，成为我国历史上流传不衰的民族团结的佳话。

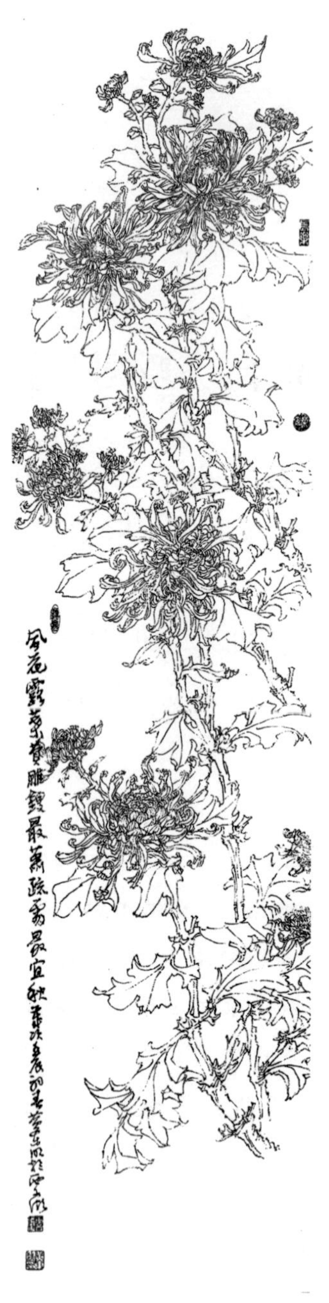
風花露葉費雕鎪最蕭疏處最宜秋

望江东　立春偶感

山屋前头百年树，喜鹊醒、新枝数。春牛报讯贴门户，夜漏尽、莺晨曙。

春风一抹农时促，令鞭打、穷幽谷。待年之计在于逐，只望是、秋粳熟。

望江东　留守老人

湖岸西头石流路，彻夜盼、亲人渡。日升月落雁归去，揭不了、思量雾。

年前电急铃无数，老幼笑、灯花澍。催孙速速理床铺，见面泪、晨鸡曙。

巫山一段云　百里骑车路[1]

百里青沙路，双轮汗水流。家中钱少苦为舟，不屑百花洲。

都说春光好，谁知嫩骨忧？人生迈步历高丘，钩月照新秋。

【注】　①余在宁波工作时，去老家来回一百二十多里路，一家人曾常骑自行车回家。

巫山一段云

题《富春山居图》[1]合璧

浓墨纵丹卷，春江纸上流。水声山色跃千秋，百里傲松游。

本是同根木，云何截两收？如今合璧烁神州，洗去旧时忧。

【注】 ①《富春山居图》是元朝画家黄公望为郑樗（别号：无用师）所绘名画。它以浙江富春江为背景，全图用墨淡雅，山和水的布置疏密得当，墨色浓淡干湿并用，极富于变化，是黄公望的代表作，被称为“中国十大传世名画”之一。明朝末年传到收藏家吴洪裕手中，吴洪裕极为喜爱此画，甚至在临死前下令将此画焚烧殉葬，被吴洪裕的侄子从火中抢救出，但此时画已被烧成一大一小两段。较长的后段称《无用师卷》，现藏台北“故宫博物院”；前段称《剩山图》，现收藏于浙江省博物馆。2011年6月，两段合璧的《富春山居图》在台北“故宫博物院”展出。

濃墨殘丹卷我山
色澤千秋本是同根
求如今合璧蝶神州

蔣光集詞 題富春山居圖合璧

武陵春　南太湖抗洪灾[1]

梅雨绵绵湖水涨，日夜泼无休。道毁田淹百鸟迁，老屋危中沤。

行至长兴难迈步，陆上泛轻舟。只见茫茫一片丘，载不尽，救灾由。

【注】 ①1991年太湖发生严重洪灾，主要由于梅雨期间出现三次集中降雨，30、45、60天时段降雨均超过1954年，使得太湖水位陡涨，超过了历史最高水位，超警戒水位和危急水位分别达81天和38天。由于当时太湖综合治理尚未启动，原有防洪工程标准偏低，致使采取炸坝分洪等措施来控制洪水，太湖流域遭受了严重的灾害，不少地方“陆上行舟”，直接经济损失100多亿元。南太湖湖州、长兴等地农行基础设施遭受严重损坏，余泛舟与当地干部职工一起投入抗灾。

西江月　纪念长征七十周年

飞度雪关云嶂，点呼浩宇星光。五千二万破天荒，血染惊涛骇浪。

常读壮雄华章，万心齐力兴邦。高扬旗帜日华长，九九东风豪唱。

西江月 山城寄愿[①]

方问江边涛色，重来却见三年。东风催日步蓝天，归雁丝丝情线。

明月照窗留客，清风拂面飞帆。满船壮志别巴山，破浪花开烂漫。

【注】 ①好友冯建龙在重庆市任农行行长近三年，勤勉清正，开拓创新，业绩显著，众口皆碑。2012年秋奉调即将到浙江任职，余专程去重庆看望，赋词一首留作纪念。

西江月　十七大感怀

济世伟论高展，炫天旗帜飘扬。翻天覆地国家强，古国花开星样。

科学步奔新路，炽昌凤翥龙翔。人间勋业唱和长，海岳前程无量。

西江月　乘筏楠溪江[①]

春瑞梨花烟雪，日漪江岸林滩。七星八斗[②]映波澜，百里舟轻云淡。

刚踏急流声浪，又逢飞瀑清湾。田园山水惹人闲，谁不依依眷恋？

【注】 ①楠溪江位于浙江省温州市北部的永嘉县境内，它以“水秀、岩奇、瀑多、村古、滩林美”的独有特色而闻名遐迩，是我国国家级风景区中唯一以田园山水风光见长的景区，被誉为“中国山水画摇篮”。

②“七星八斗”指古村落。

西江月　风阻嵊泗港[①]

秋月海蓝天碧，横波蛟影鳞光。暮然云起斥帆樯，留我仙乡巨浪。

明日事追归急，登舟直面风狂。涛花九激又何妨？缆绳南洲津上。

【注】 ①1994年秋日到嵊泗岛调研，事急必须归程。当日忽起9级大风，当地有关部门用专船护送过洋，途中惊涛骇浪，船中椅飞灯摇，终生难忘，最终安全抵达南汇码头。

西江月 湘江月寄

风树情根湘水，芙蓉闲伴沙星。满楼灯火不眠城，曼舞轻歌月影。

忘却客身何夕，只馨玉洁壶清。世间果有缆心亭，今晚苍穹悬镜。

西江月　中秋[①]

尔问海天秋色，匆匆六十华年。今宵同渡月光船，摇起深情一片。

杨岙[②]才声山外，城门飘忽眸前。旧墙有影却无边，回味丝丝拂面。

【注】 ①辛卯中秋，适逢中秋友六十岁生日，几位好友聚会共贺，追叙烟海往事，畅谈人间友情，填词助兴。

②“杨岙”原为镇海县塔峙公社一个生产大队，现为行政村。

喜迁莺　清晨九峰山[1]

壁不尽，雾浮屏，晖浸万千峰。翘观青岭薄云轻，邀尽画廊风。

山川注，龙涎吐，处处水歌幽谷。寻林深步到潭浔，飞瀑迸游人。

【注】 ①九峰山位于宁波市北仑区，地处江南大陆架的最东端，属天台山脉太白山支脉，叠峰连冈，奇峰挺九，因此得名。九峰山方圆数十里，南托太白山，北濒东海，大有山海之"经"可念，可谓人间仙景。曾有诗赞道："远眺参差九点峰，青山削出翠芙蓉。"是宁波市美丽的后花园。

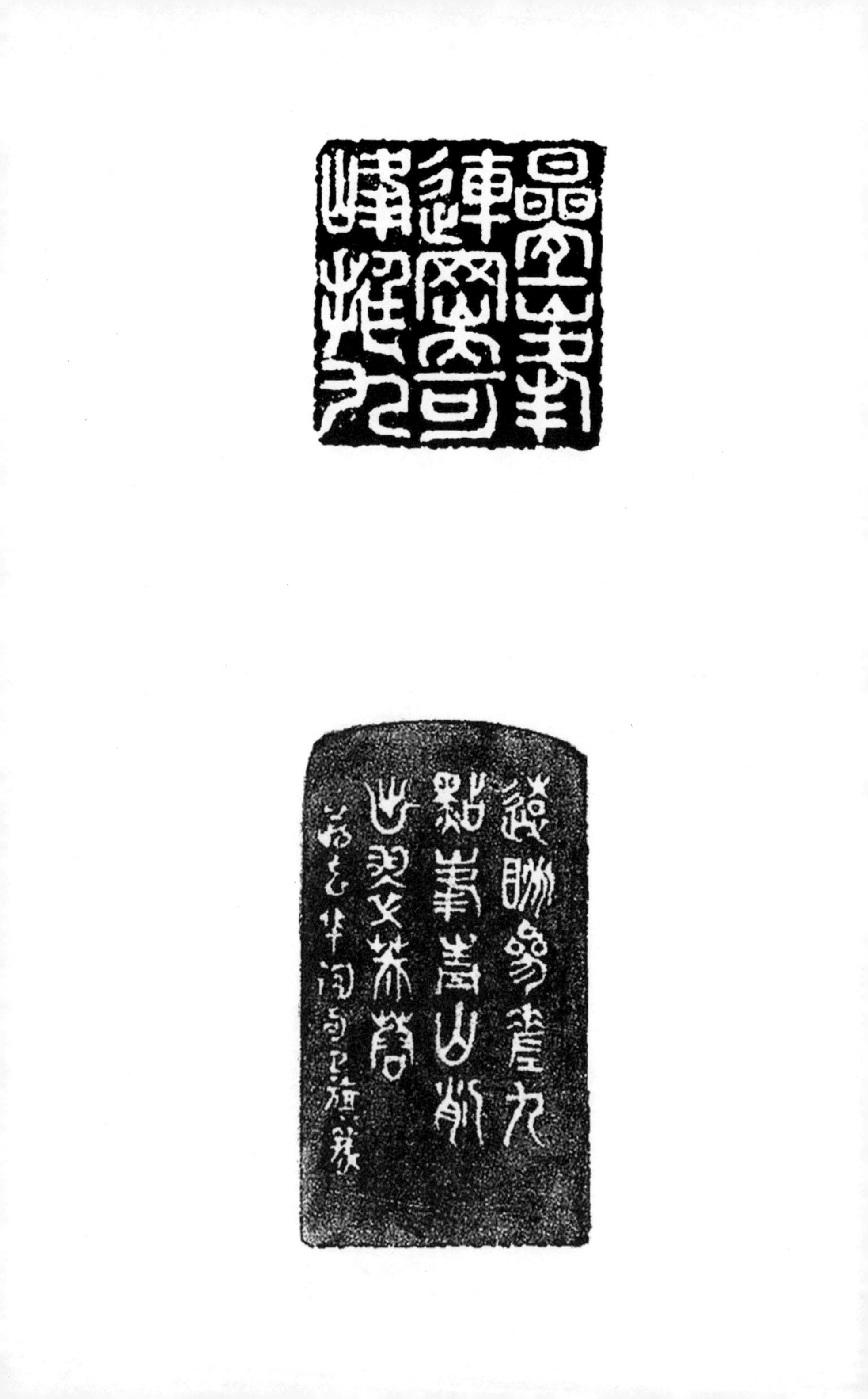

晶[illegible][illegible]練[illegible][illegible][illegible][illegible]九

[illegible][illegible][illegible]堂九
點[illegible][illegible]山[illegible]
也[illegible]文[illegible][illegible]
[illegible][illegible]半[illegible][illegible][illegible][illegible][illegible]

相见欢 岁寒有咏

熬霜风骨青葱，敌三冬。雪里兰梅寒岁伴苍松。

人靠志，才凭思，挽良弓。大浪淘沙惊处岸从容。

潇湘神　苏仙岭[1]

山炫名，山炫名，步云揭帖雾烟轻。隐寺锁空南翠嶂，松风藏福果然清。

【注】 ①苏仙岭位于郴州，主峰海拔526米，自古享有“天下第十八福地”、“湘南胜地”的美称。苏仙岭因苏仙神奇、美丽的传说而驰名海内外，岭上有白鹿洞、升仙石、望母松等“仙”迹，自然山水风光久负盛名。由秦少游作词、苏东坡作跋、米芾书写的《踏莎行·郴州旅舍》被刻在苏仙岭的岩壁上，史称“三绝碑”。陶铸1965年来郴州视察，写下了《新踏莎行》。西安事变后，张学良将军曾幽禁于此，写下了“恨天低，大鹏有翅愁难展”的名句。

小重山　仙华山[①]

玉女凌空雾转裙。峭岩云谷动,万旗奔。仙华百里最峰林。山巅处,奇影草熙春。

枕石漱流魂。清泉抛碎玉,沐霄门。一泓碧水育嶙崟。凝思立,忘却夕阳沉。

【注】 ①仙华山又名仙姑山,位于浙江省浦江县城北,主峰少女峰,相传因轩辕少女在此修真得道升天而得名。仙华山以奇秀的山巅峰林为胜,在海拔600米以上的仙华山巅,石峰耸峭壁立,拔地而起,如旌旗,如宝莲花,如铁马临关。明刘伯温有诗云:“仙华杰出最怪异,望之如云浮太空。”故仙华山又有“第一仙峰”之称。历代多有儒、道、释三家名流共处仙峰,结庐修真,堪称中华文化之奇胜。仙华山峡谷,峭壁万仞、石峰连云。谷底枕石漱流,泉水清冽甘甜,怒泻如抛珠碎玉,如沸如扬。站在“仙湖碧水”远眺,风光无限,让人流连忘返。

玉女凌云雾
赫栖傍岩栽百
望最峰林

录蒋志华词小重山缙云山妙语 新光书

行香子　农行问农

融墨秋春，情系乡村。重过了、多少田埂。相传薪火，几代耕耘。纵数农时，问农计，操农心。

重重担子，细细葭根。和风沐、山水开襟。创新入梦，尽责如魂。更联农家，谙农道，伴农津。

行香子　十八大感赋

九十春秋，柱砥中流。清平乐、碧海神州。为民做主，风雨同舟。越新行程，航行稳，力行遒。

浓浓特色，笔笔深筹。看宏篇、正道花稠。嵬巍华夏，硕果催收。纵探山歌，恋山曲，景山幽。

行香子　七十回故乡[1]过年

腊月天晴，旭日霞蒸。回乡路、心切身轻。山村巨变，流水闻莺。过清溪处，新时景，旧时情。

风牵帘佩，光洒窗棂。几飞鸟、戏点云亭。悠然乘兴，绕步春坪。算开花时，梨花白，樱花盈。

【注】 ①故乡网岙地处山区，经过三十年改革发展，面貌巨变，昔日的穷山沟已成为美丽富饶的新农村、远近闻名的风景区。

戊子年夏日
何虎書

行香子 游东坡赤壁[①]

秋日风轻，催步揽名。江天静、两赋高擎。大江东去，浓墨涛声。卷乱云急，愁云散，醉云生。

亭亭似画，字字如虹。映黄州、万里飞鸿。纵词豪气，旷世澎胸。见旧歌长，史歌舞，壁歌隆。

【注】 ①东坡赤壁位于湖北省黄州城西，又名文赤壁。出黄州古城汉川门，北面一山陡峭如壁，因山石颜色赤红，故名“赤壁”。早在晋代至北宋初，这里就建起了横江馆、涵晕楼、栖霞楼、月波楼和竹楼等著名建筑。北宋元丰三年(1080)春，著名文学家苏轼(号东坡)因乌台诗案贬来黄州，常在此逸兴吟哦并写成流传千古的一词(《念奴娇·赤壁怀古》)两赋(前、后《赤壁赋》)和其他名篇佳作，后人因此将赤壁和苏东坡的名字联在一起，名曰东坡赤壁。经考证，这一带还是三国赤壁大战之处所。现在的东坡赤壁，占地面积四百余亩，主要建筑有九亭、三楼、三阁、三堂、一像。

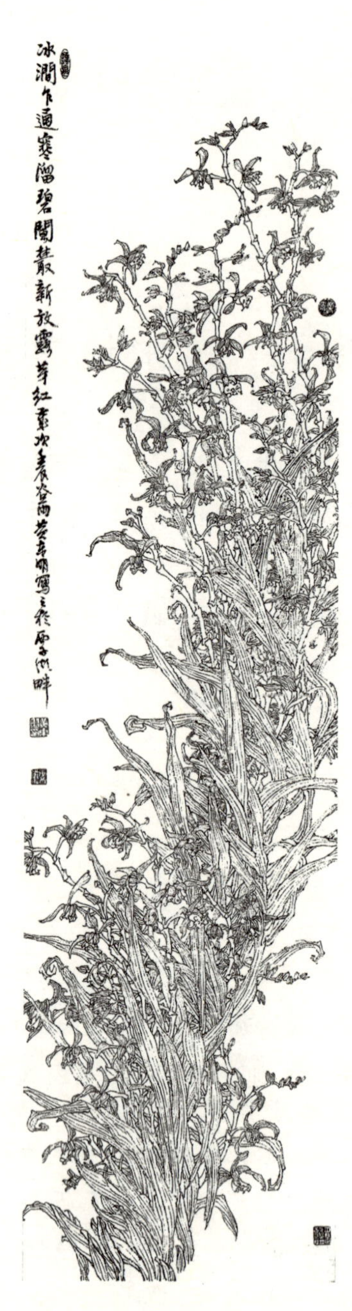
冰澗乍通寒溜碧蘭叢新放露芽紅

眼儿媚　赋太空授课[1]

平步青云入穹宫，授课太空中。玉轻若絮，指推弦诵，美女从容。

六千万众连眸望，圆梦见师踪。大江南北，三山五岳，耳目生聪。

【注】 ①“神舟十号”航天员北京时间 2013 年 6 月 20 日上午 10 点 4 分到 10 点 55 分共 51 分钟，在太空给地面的学生讲课。此次中国航天员太空首次授课由王亚平主讲，聂海胜为授课助讲兼指令官，张晓光摄像。主要面向中小学生，让大家了解失重条件下物体运动的特点、液体表面张力的作用，加深对质量、重量以及牛顿定律等基本物理概念的理解。航天员在轨讲解和实验演示，并与地面师生进行了双向互动交流，有 6000 万人听课。

平步青雲入穹宫授課太空中王輕若絮指推弦誦羨女從容六千萬衆連眸望圖夢見師蹤大江南北三山五岳耳目生聰

眼兒媚 賦太空授課

蔣志華詞 駱光壽書

眼儿媚　三门[①]

风探银滩蟹蛏闲，舟叶织门湾。琴江未静，仙岩捷足，一抹龙蟠。

东方渔港扬帆远，旧梦绕云山。百年沉睡，如今启烨，万里晴澜。

【注】 ①三门县位于浙江省东部，素有“三门湾，金银滩”之美誉，具有丰富的资源，是浙江省海水养殖第一大县，被称为“中国青蟹之乡”、“浙江对虾之乡”、“牡蛎之乡”、“缢蛏之乡”。该县海岸线长达227公里，境内有健跳、海游、浦坝、旗门、洞港等五港。早在1916年，孙中山先生就称三门湾为“实业之要港”，并在《建国方略》中将其列为东方九大渔业港之一，其中健跳港是浙江四大深水良港之一。全县有大小岛屿122个，风光旖旎，蛇蟠岛被称为“千洞岛”。境内有宋高宗赵构投琴的琴江，南宋文天祥驻足过的仙岩洞，明朝戚继光浴血抗倭的健跳古城墙等。

热烈欢迎泰国农业和农业合作银行代表团

宴西园 秋菊

日照东楼凉荫，捎去九千花信。群艳傲霜寒，笑天阑。

又到秋深叶落，万里碧空淡沫。遍地菊花香，解愁肠。

谒金门　访济公[①]故里

人尊佛，门水似流魂魄。陌路皆歌衣帽破，酒中神气抹。

日见不平辩白，夜断苍生心脉。笑尽世间如梦事，醉镌峰枕卧。

【注】　①济公(1130—1209)，原名李修缘，南宋高僧，浙江省天台县永宁村人。他破帽破扇破鞋垢衲衣，貌似疯颠，初在杭州灵隐寺出家，后住净慈寺，不受戒律拘束，嗜好酒肉，举止似痴若狂，是一位学问渊博、行善积德的得道高僧，被列为禅宗第五十祖，杨岐派第六祖，撰有《镌峰语录》10卷，还有很多诗作，主要收录在《净慈寺志》、《台山梵响》中。懂医术，为百姓治愈了不少疑难杂症。他好打不平，息人之净，救人之命。他扶危济困、除暴安良、彰善罚恶等种种美德，在人们的心目中留下了独特而美好的印象。今逢盛世，物阜民殷，在天台石墙头复建了济公故居，向世人展现了充满南宋时代气息、蕴含浙东地方建筑风格和仕宦人家宅第格局的一轴画卷。

一剪梅 樵夫歌[①]

筑舍南山四面柯。春鸟听泉，寒叶珠颗。秋风传讯雁归飞，热也山歌，冷也山歌。

都说人间好曲多。岩谷清音，该又如何？云天点断可凌霄，忧亦山歌，乐亦山歌。

【注】 ①余家居深山，年轻时曾当过樵夫，留有一诗：霜天采柴北山中，风卷寒衫汗贴胸。赶集换回三两油，书生原是荷樵农。

一剪梅　三江[1]月潮

月洒三江千里潇。水上舟歌，六岸灯挑。秋风轻抹老江桥。月又圆圆，人又潮潮。

贯世长河逐浪高。四海通商，万国华侨。港城腾起赛龙蛟。月亦吟吟，人亦滔滔。

【注】 ①三江指宁波市的姚江、奉化江和甬江，姚江、奉化江汇合成甬江流入东海的交叉口称三江口，位于宁波市区中心繁华地段，素有“宁波外滩”之称。三江口历代是商贾云集之地，是最早的“宁波港”港埠，宁波城市的象征。自古以来，明州（宁波）始终是一个极其优良的中国对外开放的主要港口，特别到了唐朝，“海外杂国、贾船交至”，宁波成为全国著名的对外贸易港，并与扬州、广州一起列为中国对外开埠的三大港口；宋代，又与广州、泉州并列为我国三大主要贸易港；鸦片战争以后，宁波被定为“五口通商”口岸之一。改革开放以后，宁波港已成为泱泱的东方大港，闻名于世。

一剪梅　探访女子越剧[①]发源地[②]

一曲红楼心泪撩。空谷清音，春梦九皋。百年台柱墨犹新，日逝长亭，月洒西桥。

调出施门花弄娇。半是清流，半是香飘。剡溪越女尽风华，俏了梨园，宠了丝绦。

【注】 ①越剧，又名绍兴戏，清末起源于古越国所在地浙江嵊州而得名，由当地民间歌曲发展而成，是中国第二大剧种。越剧长于抒情，以唱为主，声音优美动听，表演真切动人，唯美典雅，极具江南灵秀之气，艺术流派纷呈，创造出了一批有重大影响的艺术精品，如《梁山伯与祝英台》、《西厢记》、《红楼梦》、《祥林嫂》等，风靡大江南北。在海外亦有很高的声誉和广泛的群众基础。

②女子越剧发源地在嵊州市甘霖镇施家岙村。1906年3月27日越剧诞生时，表演者都是男性。直到1923年7月9日，在施家岙村诞生了第一个女子越剧戏班，角色基本由女性扮演，从此越剧走上了辉煌之路。至今，施家岙村里仍保留着当时女子戏班演出的古戏台。

一剪梅 网岙[1]

挺九奇峰凌玉霄。碧水潺潺，修竹潇潇。无边梦境一泓来，门石花开，沐雨霞浇。

峡谷飞云香酒烧。一阙龙宫，四季兰桡。春风探路有谁知？红有梅苞，绿有松梢。

【注】 ①网岙位于浙江省宁波市北仑区九峰山。据传古时网岙倚山临海，是渔民结网晒网的地方，故称网岙。几经沧桑变迁，现网岙峡谷奇峰四起，石门洞开，银流飞瀑，清泉潺潺，修竹茂林，四季花香，并留下了许多美丽的传说，成为著名的风景区，富饶的新农村。

一剪梅　响沙湾[1]

大漠龙头弯月勾。沙令红丘，霞落含羞。轻驰漠骑唱凉州，浩瀚茫茫，飘浴悠悠。

风劲吹沙扫似流。波浪滔滔，驼列歌舟。此时唯觉漠中道，返朴归真，沙醉怀柔。

【注】 ①响沙湾在蒙语中被称为“布热芒哈”，意思是“带喇叭的沙丘”。它坐落在内蒙古达拉特旗境内库布其沙漠东端，北距草原钢城50公里，高大的沙丘约有80多米高，呈月牙形状，横亘数公里，金黄色的沙坡掩映在蓝天白云下，有一种茫茫沙海入云天的壮丽景象，好似一条金黄色的卧龙。

一剪梅　又是重阳[①]

风起钱塘窗雨扬，送走中秋，又是重阳。今年迟到桂花香，沁满东楼，冷落西墙。

一片秋愁百辗床，不想多思，却挂心肠。果然名手在滨江，除去阴阴，还我安康。

【注】 ①癸巳重阳，余住院手术，适遇钱塘江畔桂花二度重开，有感而赋。

一剪梅　思母

慈逝悠悠八载凉。思也牵牵，泪也长长。夜魂常梦在龙峰，床舔慈祥，九转迴肠。

又是爹来又是娘。[1]多少辛酸，多少坚强。悔深难以侍高堂，心愧鬓霜，泪洒门墙。

【注】 ①余幼时丧父，靠母亲上山砍柴、下田耕种抚养成人。万般辛苦，万丈深恩。

忆江南 雁门关[①]

霜鼓起，月满雁门关。叠嶂峰峦飞石走，精兵强将九天来，独座塞尊台。

【注】 ①雁门关位于山西省朔州和代县边界处，又名“西陉关”。“天下九塞，雁门为首。”雄关依山傍险，高踞勾注山上。东西两翼，山峦起伏。山脊长城，其势蜿蜒。在中国历史上，雁门关一直是中原抵御北方游牧民族南下的前线要塞，许多名将如杨家将等在这里建立了不朽的功业。

忆江南　农行三十年冀语[1]

天下顺，改革沐春风。面向市桥探路径，农旗长卷越新峰，回首万千虹。

【注】 ①1978年12月18日召开的党的十一届三中全会传出了恢复中国农业银行的喜讯。三十年来，农行一代又一代人，始终坚持为“三农”服务的方向，深入改革，顽强拼搏，使农行由小变大，从弱到强，成为支持我国经济建设特别是农村经济发展的重要力量。

浙江省工商行政管理局 中国农业银行浙江省分行
签约台

忆江南 迟桂花

西风紧，桂子扮时妆。几阵雨寒霜帐放，窗东又是菊花黄，偏有晚枝香。

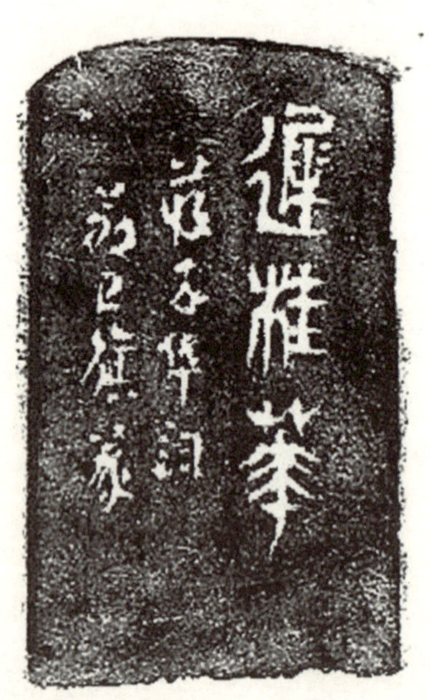

忆江南　慈母心

农家梦，求学万山重。寒雪还无衣袖缝，一双鞋熨线滴穷，亲放布包中。

忆江南　雨游张家界[1]

奇峰雾，更幻梦猜图。十里卷开谁出手，天桥千丈翠岚浮，岩顶傲霜株。

【注】　①张家界位于湖南西北部，澧水中上游，属武陵山脉腹地，1982年9月成为中国第一个国家森林公园，1992年由张家界国家森林公园、索溪峪风景区、天子山风景区三大景区构成的武陵源自然风景区被联合国教科文组织列入《世界自然遗产名录》。2004年，又被联合国教科文组织列入世界地质公园。地质公园包含了砂石山峰林、方山台寨、天桥石门、障谷沟壑、岩溶峡谷、岩溶洞穴、泉水瀑布、溪流湖泊和沉积、构造、地层剖面、石生物化石等丰富多彩的地质遗迹。其千姿百态，变幻莫测的地貌景观，优美的生态环境与生态系统，令世人惊叹不已。

忆秦娥　电视剧《梁红玉[1]》观感

号声咽，侵军十万黄天角。黄天角，敌强我弱，燕尘犹绝。

红巾披甲金山跃，计生击鼓千秋决。千秋决，灯明月照，乐馨宫阙。

【注】 ①梁红玉（1102—1135），南宋和岳飞同时代的大将军韩世忠之妻。韩世忠于京口与金兵在黄天荡对峙。当时，金兀术拥兵十万，战舰无数，而韩世忠只有八千疲兵。韩世忠听取梁红玉的计策，率领小队宋兵舰诱金兵深入苇荡，再命大队宋兵埋伏，以梁红玉的金顶鼓声为命，以灯为引，用火箭石矢焚烧敌船，把金兵打得落花流水。梁红玉击鼓退金兵的故事至今仍为人们所传诵。

浙 江 大 学
中国农业银行
合作协议签字仪式

忆秦娥　访昭君故里[1]

萧萧月，香溪流水千秋乐。千秋乐，请行和泽，万重山岳。

草原慈母清风节，江陵儿女长歌阕。长歌阕，留芳塞外，雁翔晴雪。

【注】　①王昭君是西汉时秭归县人，古秭归今被分为姊归县和兴山县。昭君故里位于湖北省香溪上游兴山县城西5.5公里处的宝坪村，原名烟墩坪，又名王家湾。宝坪村是一个山明水秀的好地方，长江的一条清澈的支流——香溪流经村前，溪水半绕着一峰青山，山腰天生一方平地，平地上的村落，得名“宝坪”，人们称其为昭君村。唐杜甫诗“群山万壑赴荆门，生长明妃尚有村”即指此地。村内有楠木井、娘娘井、梳妆台、望月楼等遗迹；1979年以来国家拨款进行了维修，重建了昭君宅，新建昭君纪念馆、长廊碑林、汉白玉昭君塑像等，环境幽雅，极富诗情画意。

忆秦娥　建言陈策[①]

烟波接，医疗改革民情切。民情切，命人提笔，夜书心结。

案纵纸上详详列，问医看病先行药。先行药，年年春色，万家花帖。

【注】 ①1997年1月29日，针对民众"看病难、看病贵"的问题，余在深入调研的基础上，向政协浙江省九届第五次会议提交了关于"建议常用药品实行零差率"的提案，并就办好社区卫生服务机构等提出建议，在社会上引起强烈反响，新华社据此发了通稿，全国数百家网站转载，当日被中华人民共和国中央人民政府网站收录。

星期日

22

中秋节

辛未年八月大 十五　　1991年9月小

◁记事▷

企业家名言集萃

企业的生命在于拚搏；企业的成功在于人才；企业的力量在于团结。

中国农业银行宁波市分行
行长 蒋志华

忆秦娥 松花江[①]

江水急。犹闻昔日寒疆泣。寒疆泣，万民奋激，扫驱顽敌。

今朝百舸齐飞翼，绿洲两岸粮仓积。粮仓积，民殷物阜，九苍青碧。

【注】 ①“松花江”一词女真语为“松啊察里乌拉”，汉译为“天河”。全长1900公里，流域面积占东北三省总面积的69%，径流总量超过黄河。松花江流域范围内山岭重叠，满布原始森林，是中国面积最大的森林区。

忆秦娥 雪后登北高峰[1]

云山白，雪风古道江湖脉。江湖脉，横空观海，镜翻烟陌。

攀峰穷目杭城庹，登高尽瞰波澜阔。波澜阔，朝阳似火，渔歌新拍。

【注】 ①北高峰在杭州灵隐寺后，石磴数百级，曲折三十六弯，今建有索道。北高峰群山屏绕，湖水镜涵，竹木云蓊，郁郁葱葱。登高望远，三面云山环绕，西湖盛景，钱江雄姿，尽收眼底，让人心旷神怡、浮想联翩，有"一览杭州小"之感。毛泽东主席曾三次登上北高峰，并吟诗一首《三上北高峰》：三上北高峰，杭州一望空。飞凤亭边树，桃花岭上风。热来寻扇子，冷去对美人。一片飘飘下，欢迎有晚莺。

忆王孙　烧窑人[1]

熊熊炉火烤全身，汗水如流砖里魂，桃外高楼百丈门。欲知君，无有窑砣秤草根？

【注】 ①此词系余年轻时的切身经历拾句而成。

忆余杭 长沙访友

香桂传音，湘水怀情共对月，江堤晚唱品渔歌，情义载星河。

早成胸竹专湖笔。远任岂来浪风急！日披蓑甲亦如梭，忽见绿茵多。

忆余杭　喀纳斯[1]风光

流季名山，白绿红黄绵约替，茂林秀水两相依，沟壑盖云霓。

入蓝云绮湖光异，幻化叠谜惹人笔。桦披金叶丽人衣，净土夕阳低。

【注】 ①喀纳斯是蒙古语，意为“美丽富饶、神秘莫测”。闻名于世的喀纳斯湖位于新疆布尔津县境北部，湖面海拔1374米，面积44.78平方公里，湖水最深处达188米左右，是中国唯一的北冰洋水系。湖面碧波万顷，群峰倒影，还随季节和天气变化而时时变换颜色，是有名的“变色湖”。环湖四周原始森林密布，阳坡被茂密的草丛覆盖，每至秋季层林尽染，景色如画。这里是我国唯一的南西伯利亚区系动植物分布区，生长有西伯利亚区系的落叶松、红松、云杉、冷杉等珍贵树种和众多的桦树林，湖中有哲罗鲑、细鳞鲑、北极烟、江鳕、西伯利亚齿编等冷水鱼。喀纳斯湖自然保护区自上而下垂直分布有冰川恒雪带、山地冻雪带、高山草甸带、山地草原带等。

渔家傲　梦游黄岩岛[1]

漏夜睡深魂不老，悠悠登上黄岩岛。南海涛花分外好。波光里，五星闪烁渔帆早。

自古海耕牛酒劳，何来小鳖船边闹！日月昭昭天地道。良宵短，长空晓破吹军号。

【注】　①黄岩岛（曾用名：民主礁），是中国三沙市所辖中沙群岛中唯一露出水面的岛礁，距中沙环礁约160海里。黄岩岛是中国固有领土，原由海南省西南中沙群岛办事处实施行政管辖，2012年设立三沙市后，归三沙市管辖。

寧海黃巖詞

渔家傲 夜游凤凰古城[①]

沱畔华灯清漫涤，扁舟过处朝朝丽。吊脚悬楼[②]酬史意。乘虹骑，万千风景收睛底。

十里城墙雄鼓起，万家商铺门无闭。小曲悠悠乡里戏。迷人忆，凤凰展翅翔天霁。

【注】 ①凤凰古城位于湘西自治州西南边，“西托云贵，东控辰沅，北制川鄂，南扼桂边”，是一个以苗族、土家族为主的少数民族聚集县，中国历史文化名城，曾被新西兰著名作家路易·艾黎称赞为中国最美丽的小城。古城建于清康熙年间，在古城西南，有一山酷似展翅而飞的凤凰，古城因此而得名。古城依山傍水，清浅的沱江穿城而过，红色砂岩砌成的城墙伫立在岸边，南华山衬着古老的城楼，还看得出当年威武的模样。北城门下宽宽的河面上横着一条窄窄的木桥，以石为墩，两人对面都要侧身而过，这里曾是当年出城的唯一通道。

②吊脚楼，也叫“吊楼”，为苗族、壮族、布依族、侗族、水族、土家族等族传统民居，在湘西地区特别多。

发展农村金融
振兴浙江经济

薛驹
辛巳夏六月

渔家傲　双夏[①]

晓月夜星风不起，恶蚊食血田间戾。烈日收种身尽泥。天知否，蚂蟥[②]螫我冰霜厉。

冷饭清香和水洗，农时辛苦为追季。指望丰年添瑞气。倾浊酒，杯中滴滴非容易。

【注】①“双夏”即夏收夏种，时七月底八月初，是江南收割早稻、插种晚稻最忙的农事。

②蚂蟥是蚂蝗的俗名，生活在稻田、沟渠、浅水污秽坑塘等处，嗜吸人畜血液，行动非常敏捷，会波浪式游行，也能作尺蠖式移行。每到春暖即活跃，六到十月均为其产卵期，到冬季往往蛰伏在近岸湿泥中，不食不动，生存能力强。

渔家傲　宿神仙居①

十瀑百岩峰骨异，夕阳已去人留意。天峤插空云展翼。千嶂逸，翠烟邀月山门闭。

茶酒一盅催梦起，将军情系青罗绮。睡美依依思范蠡。霜满地，林箫竹笛蝉仙气。

【注】 ①神仙居位于浙江省仙居县境内，属国家级仙居风景名胜区之一。神仙居以西罨幽谷为中心，形成峰、崖、溪、瀑景观。典型的流纹岩地貌，奇峰环列，山崖陡峻，峰崖的相对高度差多在100米以上，基岩落石处处成景，溪水与瀑布常年不断，幽深奇绝。那里的一山一水、一崖一洞、一石一峰都能自成一格，又不类他山，异乎寻常，出人意料，匪夷所思。1007年，宋真宗踏马神游西罨寺后大发感慨，说此地“洞天名山，屏蔽周围，而多神仙之宅”，于是下令将台州永安县改名仙居。神仙居景区的“将军石”、“睡美人”、“迎客山神”、“双峦架日”、“天柱插空”、“仙人叠石”、“象鼻锁涧”等，横生妙趣；雾瀑珠帘，悠仙美地，堪称绝世婉转。

渔家傲　游大青山国家公园[①]

寒雨秋来云色异，青山雾去留春意。海岛绿洲风雅地。丛林里，古藤萦绕牵罗绮。

拍岸惊涛沙浪起，牛头观海天光霁。峭壁奇礁烟雪际。凭栏倚，彩霞落日游丝细。

【注】　①大青山国家公园位于浙江省舟山市朱家尖岛，濒临东海舟山洋鞍渔场，被誉为“海上丝绸之路”的国际深水航道从附近海域经过。大青山国家公园以朱家尖岛的最高峰——大青山为主体，海拔378.6米，区域面积10平方公里。公园内有海岛罕见的一大批原始森林，宛若人间仙境；峭壁奇礁，潮声雄浑洪亮；千沙、里沙、青沙与东沙、南沙环环相扣，景观壮丽。牛头看沙、箬槽观海、猫跳品礁、彭安赏石等各现不同景观。

虞美人　喀纳斯河[1]

蛟龙奔激无停步，谁晓千程路？神仙滩雾昊池呼，都道嫦娥勾画月亮图。

清如碧玉涛花乳，浪挽云峰舞。北疆丽佼蹈缘游，恰似九天银烂向东流。

【注】 ①新疆喀纳斯河是布尔津河的主要支流，河的上源就是喀纳斯湖。湖水倾泻而下，在山谷中蜿蜒，形成了卧龙湾、月亮湾等秀丽绝伦的水湾河滩。喀纳斯湖南端出水口以下到鸭泽湖的河段巨石密布，水流湍急，浪花四溅；鸭泽湖到卧龙湾河段，则河面宽阔，水流缓慢，河滩上绿草如茵，两岸林木葱郁。

虞美人　忆农村往事

秋收冬作今年了，分配知多少？结工理账算盘忙，辛苦劳酬愁得月如霜。

广播一响云冈晓，莺唱天光早。村姑昨夜醉春芳，梦醒发红[①]携弟买新装。

【注】 ①“发红”指当时人民公社生产队年终分配，俗称年终分红。

鹧鸪天 车过椒江大桥[①]有感

五里长虹接海门，车轮滚滚越乾坤。通途麦屿连新港，雪浪滔滔万马奔。

追往事，感来今，筹资拾穗有心人。一湾秋色苍山抹，画出椒江十月春。

【注】 ①椒江大桥工程是国家交通战备补助项目、浙江省重点建设项目和台州市重大工程项目。大桥全长2587.30米，主桥为五跨430米连续梁，连接省道75、82和83线，进而接通104国道和甬台温高速公路，构建成台州沿海通道的基本框架。建设椒江大桥，有效地加强了台州健跳港、海门港、大麦屿港的联系，有利于形成港口群体优势，对加快台州中心城市建设和经济社会发展具有重要的意义。工程总投资3.5亿元，多方筹集，台州市农业银行作为重点项目信贷支持大桥建设。大桥工程于1998年8月19日动工，2001年10月竣工通车。

鹧鸪天　春节

爆竹开花又一春，五更星晓拜年人。柳梳玉细枝荷宠，梅醒梢头苞夺尊。

风喜客，日临门。孙儿催促去龙村。今朝一岁全家长，不薄人间老耄身。

鹧鸪天　品茶有悟

万物人间似幕烟。淡心泊事雾中看。借来三月新芽煮,享尽重天瑶荟甘。

经雨雪,历烹煎。绿舟片片淡香添。沙风浊气轻一笑,晚节如茶立九天。

品茶有悟

鹧鸪天　赠嘉兴农行[1]

禾秀殷殷捧玉钟，赢来夏雨并春风。邀宾心感南湖水，待客情培百尺松。

人碌碌，酒浓浓，拨弦调韵曲歌通。操劳联谊潇潇笔，可作珍藏入册中。

【注】①为农行嘉兴市分行精心操办工农中建省分行老干部联谊会而作。

鹧鸪天 赠施君赴闽任职[①]

寒岁明州五色天。园厅聚话暖春添。似烟往事谁能系？惟有奔潮如当年。

任重重，路熙熙。苍关南出壮旌旗。莫忘桑梓乡音熟，闽水曾经越国[②]圻。

【注】 ①此词赠好友施武龙赴闽任职。“苍关”指位于浙江南部、与福建交界的苍南县。

②越国（又称作“于越”），是春秋战国时期位于中国东南方的诸侯国，都城在会稽（绍兴）。越国前期的核心统治区域主要在今天的浙江省诸暨、绍兴周边地区。公元前473年，越国灭亡吴国后，势力范围一度北达江苏，南入闽台，东濒东海，西达皖南、赣东，雄踞东南。

烛影摇红

参观中国茶叶博物馆[①]

黛色丛中，立一壶，不晓闲、长清味。尊胸装茗万愁无，天地风华瑞。

摩尽三千岁月，凭栏前、醇香欲醉。玉颜人品，待到来时，涓涓纤汇。

【注】 ①中国茶叶博物馆是茶文化专题博物馆，位于浙江省杭州市西湖西南面龙井路旁的双峰村，1990年10月起开放。馆内有茶史、茶萃、茶事、茶缘、茶具、茶俗六大相对独立而又相互联系的展示空间，从不同的角度对茶文化进行诠释，反映中国丰富多彩的茶文化。茶是中国对人类、对世界文明所作的重要贡献之一。中国是茶树的原产地，是最早发现和利用茶叶的国家。茶业和茶文化是由茶的饮用开始的，几千年来，随着饮茶风习不断深入人民的生活，茶文化不断丰厚和发展，成为东方传统文化的瑰宝。近代茶文化又以其独特的风采，丰富了世界文化，维系着中国人民和世界各国人民深厚的情感。

同心亭

烛影摇红　游双龙洞[1]

石玉蜿蜒，两色龙，顶九峰、开洞府。轻舟平卧入宫庭，星炫千钟乳。

攀级犹闻震鼓，忽时间、寒风瀑布。巧工天赐，百丈冰壶，声声歌谱。

【注】①双龙洞位于浙江省金华市，是国家重点风景名胜区，作为自然风景名胜的历史已有一千六百多年。由内洞、外洞及耳洞组成，洞口轩朗，两侧分悬的钟乳石酷似龙头，故得名。内外洞或相隔或相通，古诗云"洞中有洞洞中泉，欲觅泉源卧小船"。除底层的双龙洞之外，中层的冰壶洞洞口朝天，深达四十多米。俯首下视，寒气袭来，洞不见底，故称"冰壶"。冰壶洞内的瀑布从十五米左右高的洞顶倾泻，瀑声轰隆，震耳欲聋。古往今来，李白、王安石、苏轼、陆游、郁达夫、黄宾虹等名人和毛泽东、周恩来、朱德、朱镕基、吴邦国等党和国家领导人都曾在双龙洞留下足迹。

石玉蜿蜒兩色絲頂九峰開洞

府輕舟浮卧入宮庭星炫千鐘

乳　攀缀猶穿震鼓忽時間奏

風瀑布巧工天賜百丈流壺奏

攀歌譜

燭影搖紅　游靈龍洞

蔣志華詞

桃光耕書

醉花阴　楚门文旦[①]

晨雾夕阳云味淡，秋水澄文旦。流岁又重阳，罈尽枝头，满岛金光灿。

都言此物清身健，果润脾明眼。莫道不消愁，叶袅西风，独领寒香渐。

【注】 ①梦门文旦即玉环柚，是浙江省玉环县的特产，梦门是该县的一个镇。楚门文旦于清同治年间传入，光绪初年在玉环楚门山外张村开始种植，至今已有130多年的栽培历史。后经选种嫁接培育而成，营养丰富，常吃文旦可理气化痰，润脾清肠。除生食外，果皮可制蜜饯、果皮糖和提取芳香油。相传“文旦”这个名字的来历，还有一个凄楚动人的故事：从前，福建华安县一个名旦，艺高貌美，早失双亲，长年献艺于民间，与乡亲结下了深厚情谊，后来遭到豪绅侮辱，羞恨自尽。乡亲们凑钱安葬了她。哪知过了几年，她的坟头上长出一棵柚树来，结的柚子又多又好。人们纷纷剪枝嫁接，并将它取名为“文旦”。另据专家考证，文旦由明万历年间本地柚品种蜜罈改良而成。

践行十八大精神　争做改革开放先锋
纪念改革开放35周年　1978—2013
002-20

醉花阴　摆渡[①]

弯路新篁烟雾树，带雨春潮渡。人满水流深，挤破横船，只把风声数。

此心已去飞云浦，急隔江天步。年少贵时光，坎坷波澜，早使人生橹。

【注】 ①1955 年，余 12 岁，就读清水小学，徒步四十里参加镇海县第一届少年先锋队代表大会。时过甬江到镇海县城无桥，首次乘渡船过江，可谓“人生第一渡”。有诗为证：手接通知喜上眉，县城开会第一回。夜来梦醒催身早，四十心程渡口飞。

擺渡

书评

行长原来是诗人

——读蒋志华诗集《清风吟草》

吕志强

一日，好友来访，看到我书桌上蒋志华诗集《清风吟草》，脱口吟诵："行长原来是诗人！"我笑着连连点头，这正是我仔细品读完《清风吟草》后，发自心灵深处的感叹！

《清风吟草》是浙江大学出版社 2009 年出版的一本诗集，当年年底又进行了第三次印刷。诗集一问世，浙江大学、同济大学、厦门大学、中国科技大学等全国几十所大学图书馆或推荐或收藏。在浙大校园更有一些学子争相传诵，其评论散见各自的微博。可见，《清风吟草》颇受读者欢迎。

《清风吟草》作者共收集诗/词作 335 首，我逐一拜读后深感，虽不能说每篇都是上乘之作，但精品确是屡见不鲜。据最早得到作者赠书的一些朋友称，只要你翻动《清风吟草》，无论是诗坛老将，还是刚入门的新手，都会被书中的五言诗、七言诗、词所吸引。中华诗词学会理事王翼奇以“志在高山流水，诗能踵美增华”为《清风吟草》的公开出版题词庆贺，并对其中的精品作了精彩点评。中国作家协会原副主席、浙江省作家协会名誉主席、浙江省文联副主席黄亚洲为诗集作序，赞赏作者是一位称职的诗人：“如果一个人的眼睛能够‘花溅泪’，能够感受八面来风，感恩逝去的历史和遐思未来的风景，并且能够及时用旧体或者自由体将之描摹下来，那么这个人就是一位称职的诗人无疑。现在我们看到的就是这样一位力求用旧体格律记录自己细微感受的诗人。”

我与作者相交于20世纪80年代中叶。那时他是农行宁波分行行长，后来成为农行浙江分行行长。在我心目中，作者是长期耕耘在经济和金融领域里的行家，既能以独特的视角观察经济和社会的走势，又能脚踏实地谋求一方金融经济的发展，是浙江金融界德高望重的领军人物之一。然而，我从未觉察他能写诗，乃至于开始听到他退休后要出诗集，不禁暗暗吃惊。现在看到《清风吟草》，方知人家藏而不露，而我却孤陋寡闻也。

诗言志，诗传意。作者从田园走出，从平民起步，深知民间疾苦，特推崇清风明月，讴歌世间正气，喻自己的诗为“稿中涵草，集中味草”，故将诗集定名为《清风吟草》。“安怀清风明月在,往事无须回头看。”作者借诗词韵律抒情,抒同学之情、同事之情、朋友之情、亲人之情、祖国之情、感恩之情。农行的一位诗友说,读《清风吟草》,犹如阵阵清风扑面,有些诗篇还让他几度哽咽。

读《清风吟草》,无论是五言诗、七言诗,还是词,深感作者借景寄情,颂古厚今,让人身临其境,品味之间是享受,无形之中受熏陶。作者在踏上刚刚贯通的杭州湾跨海大桥之时,兴奋不已,当夜写下“湾天架月弧,浩海展通途。梦醒千回味,轻车浪里舒。”兴奋之情跃然纸上。“闭目试茗山风清,静心听泉水有情。万条翠枝依然绿,一片红叶犹至诚。”作者在《龙井听泉》中寥寥数笔,勾画出有山有水,有红有绿,有动有静,情景交融,浑然一体的深秋美景,颂扬人间真情。作者在另一首《中秋寄友》中写道:“人生易老月无老,又是一年秋节闹。莫言几度夕阳红,晚彩满天霞更好。”道出了他的乐观人生。即便是他的下属退休,他也满怀激情,赋上一首《勉同事退休》:“忙碌一生无闲时,退休可驾浮云驰。都说光阴缺倒字,须知新程味更滋。”让人读了感怀不已!

大凡情感丰富的人多是孝子,作者至诚至孝,情真意切,一首《清明祭母》流露无遗:“年年春回思劳燕,今日墓前泪水咽。满山桃花本无声,风吹雨淋哭一片。”据作者说,那天扫墓,遇上风雨,触景生情,含泪吟成。一些诗词爱好者读了这首诗后无不为之动容。

品味《清风吟草》中收集的诗词，更是觉得作者善于以旧体格律记录人生的细微感受，这在他的词中尤为明显。正如浙大一些学子说，《清风吟草》中收集的卜算子、采桑子、菩萨蛮、念奴娇、清平乐、浪淘沙等词颇有宋词之风韵。作者登上滕王阁，心潮澎湃，写成卜算子："江月万年流，雄论风云合。春去秋来独步悠，曲尽龙蛟阁。秋水落霞幽，重彩琼瑰厚。独往高楼赞不休，盛世人间寿。"一位行长因车祸去世，他悲痛万分，含泪写下《蝶恋花·送剑青君》："漏夜西风凭祭酹。如梦初临，难识寒襟泪。天阙也知离别碎，月色无光苍穹悴。生死交与公事醉。剑胆琴心，浩气犹碑瑞。欲问英魂终不悔？青山秀水长相慰。"他作诗填词，非常讲究平仄韵律，这与他从小喜欢唐诗宋词，认真执着、善于钻研、平生严谨、厚积薄发相关。

读《清风吟草》，不禁使我想到杜甫《四松》诗中的绝句"清风为我起，洒面若微霜"。《清风吟草》带给我的不仅是清新的田园气息、秀丽的自然风光，更让我领略了做人、干事、交友之真谛。我相信，凡是用心品味《清风吟草》的人，必有所获。

（原载 2011 年 2 月 22 日《新华网》、
3 月 3 日《中国城乡金融报》）

真诚一片韵音多

——蒋志华诗集《九峰闲草》赏析

吕志强

“六旬华诞聚宁波，诗话乡吟胜似歌。若问雅兴来径处，真诚一片韵音多。”这是蒋志华新近出版的诗集《九峰闲草》最后篇章“七十感怀”中的一首。好一个“真诚一片韵音多”，一语道破作者在 2009 年出版《清风吟草》后不久又能出版第二本诗集之缘由。

今年 7 月浙江大学出版社公开出版《九峰闲草》后，作者便亲笔签名赠我一册，我视作珍宝，悉心收藏。连日来，稍有空隙，逐篇拜读，感慨万千：真人不露相，当行长时不露半点诗意，退休后竟然公开出版了厚厚两大本诗集，真不愧为“诗人行长”称誉，令人叹服！

如果说，《清风吟草》是作者将多年散落的诗作整理汇集，那么《九峰闲草》则是作者近几年的新作，且达三百多首。品诗赏词，贵在悟其意境，作者对“名山大川”、“雄关石窟”的激情礼赞，对“伟人先贤”、“女杰名媛”的由衷讴歌，对“烟雨往事”、“故人馨语”的细腻记载，对“百味人生”、“七十感怀”的坦荡抒写……其诗意词华，时而激情飞扬，时而沁人肺腑，韵律优雅，情感纯真，以情传神，以致曲终奏雅、余韵袅袅。作者在“后记”中说得好：“我的一生与诗有情，与诗有缘，从学生时代到步入社会，从青春年少到耄耋之年，走到哪里，写到哪里，在书橱、床头摆满了有关诗词的书籍，跟诗词结下了深深的情缘，而且是越结越深。”真可谓是诗情人生！

读《九峰闲草》，是一种美景享受。作者是赋诗填词的有心人，“走到哪里，写到哪里”，他的足迹遍及大江南北，仅《九峰闲草》收录的318首诗词中，将近一半是写景，确切地说是喻景寄情。许多景点，笔者也曾到过，读来倍感亲切，有的诗篇实在是过于喜欢，多读了几遍，至今竟能出口背诵：“云在脚下游，水挂峭壁流。雾掀千重浪，雨润万绿稠。风恋岭木厚，日慕崖墨遒。不登绝顶景，怎解独尊由？”一首名为《泰山吟》的五言诗，把五岳之首的雄伟身姿活灵活现于读者心目之中，我女儿读后连声感慨：“蒋行长的诗有杜甫的遗风！”是啊，“不登绝顶景”，怎能理解唐代诗圣杜甫“会当凌绝顶，一览众山小”的千古绝唱。作者这类诗，让我喜欢的甚多：“十里江水十里红，轻舟悠悠唱晚风。明月彩虹船底过，南国风光尽江中。”(《夜游珠江》)好一幅月光皎洁、夜游珠江的美景图。读此诗，犹如身临其境。

读《九峰闲草》，是一种情操陶冶。“诗言志”，是当年毛泽东亲笔写给诗人徐迟的，现在移用给作者，乃恰到好处，有诗为证：“游遍黄山七十峰，最忆玉屏迎客松。傲骨不畏霜与雪，长袖轻拂笑春风。”(《黄山迎客松》)尤其是后面两句，作者对傲骨是极其赞颂，而对春风的诱惑却是不屑一顾，你看“长袖轻拂”，“笑春风”，这一拂，一笑，形神兼备，足以让人仰视。这不禁使我想起作者在另一首诗中的“两袖清风在，何止值万金”(《江上清风》)。两袖清风，豪气万丈，怎不令我肃然起敬！

读《九峰闲草》，是一种人生励志。这类诗，对于读者，尤其是青年读者更是难得的精神养料。随手拈来几首，耐我品味：“九衢乐章韵风清，岁月辉增春水生。自古志强成万事，今日一弦金石声。”(《九衢会友》)这与《墨子·修身》说的“志不强者智不达，言不行者行无果”一脉相承。“人生羁旅如舟叶，劲楫摇穷风与月。百年人世百年天，千里清风千里月。清风送耳烟波接，明月入怀心肺烨。归帆莫负有情人，明月清风生小约。”(《咏清风明月》)无须细述，多少做人的哲理蕴含其中。“红日照东楼，光阴似水流。

二十年、路过稠州。好友相逢情如旧，两瓶酒，又共秋。烟事去还遒，清风同渡舟。忆犹深、明月长留。珍把陈酿藏醉腑，忽觉得，屋添筹。”(《唐多令·二十春秋两瓶酒》)作者在任时曾为稠州一支行的发展操心，感人至深，支行行长赠送两瓶酒以表心意，被作者婉言谢绝。次年支行行长又让到杭城上大学的女儿代为送上两瓶酒，又被作者婉拒。不觉时过二十年，作者重上稠州，此时当年的支行行长和作者都已退休。老友提两瓶酒重话旧事，作者被二十年真情所动，终于笑纳了两瓶酒。作者说，这两瓶酒不是一般的酒，而是人间的真情，我要永远珍藏。透过这两瓶酒，我看到的是情义永恒，人品无价。一位领导如此评价:“诗品、人品、气质分不开。”

《九峰闲草》反映时代风貌，接近广大民众，雅俗共赏，可看可诵，作品一问世，立即受到诗词爱好者的热捧。从城市到农村、从金融企业到旅游部门、从耄耋老人到青年学生都有不少的读者。农行人是近水楼台先得书，农总行的一位老领导看到诗集后专门给作者发来贺信，全国一些图书馆、图书室纷纷收藏，短短两个多月已三次印刷。这固然与作者人品、诗德齐存相关，更在于作者对诗词造诣之深。作者自谦是九峰山人，还将诗集说成“闲草”，但在我看来，是为我国诗词宝库增添了耀眼的瑰宝。正如中国辞赋家协会副主席王翼奇先生为《九峰闲草》出版作序中所云："志在高山流水，诗能踵美增华！"这也从中可看出专家对《九峰闲草》的高度评价。

（原载 2012 年 10 月 8 日《新华网》、
10 月 18 日《光明网》、
12 月 20 日《中国城乡金融报》）

矢志不渝铸华荣

——蒋志华先生第三部诗集《步月随草》读后

吕志强

马年春节前夕，我收到中国金融作家协会会员、浙江省作家协会会员、老行长蒋志华先生亲笔签名的新诗集《步月随草》。连同作者前两年赠送我的《清风吟草》、《九峰闲草》两部诗集一样，《步月随草》又一次激起我的阅读欲，让我爱不释手。

看着这沉甸甸的新作，惊讶中更多的是叹服：蒋志华先生退休后挤出政界做事的空隙，仅四年多点的光阴竟然接连出版了三部诗词集，获得了众多诗词爱好者的热捧，有的发邮件、短信、微信，有的直接致电，称他为“当代诗仙成就一代大家”。一些专家学者更是赞赏加推崇，“志在高山流水，诗能踵美增华”乃是中国辞赋家协会副主席王翼奇先生序言中的赞美。“我很赞赏作者对月亮的这份痴痴之心,他的全部诗行都浸着月光。”中国作家协会副主席黄亚洲先生对诗人“走遍浙江,用诗词赞美东海之滨的山水热土”亦表露出敬佩之情。他在序言中写道:“不如这位诗人,他今天畅快淋漓地唱了出来,我尚喉中有鲠。”去年他的诗词作品在全国诗词征集和大奖赛中屡屡获奖,在诗坛上已有一定影响。对专家读者的褒奖,一向低调的蒋志华先生总是淡淡一笑,摇头摆手。如今蒋志华先生已步入古稀之年,依然是踌躇满志,他对我说过,赋诗作词是一生的爱好,为了实现愿望,步月寻梦,笔耕不辍,老来拾韵,结句成集,生命不息,笔耕不止。果然,我在《步月随草》中读到了《诗情人生》:“人生如彩笔,可写七情笺。李杜童时读,诗魂老树牵。潜心追韵味,执著奋诗田。假我斜阳好,好诗伴晚年。”是啊!矢志不渝铸华荣,乃天道酬勤也!这或许就是作者成功的秘诀所在。

春节长假是读书的好时光,何况我有喜爱的《步月随草》。我逐篇吟诵,不知不觉进入了诗人的情感天地,好一番享受。“万里明月万家有,不论尊卑和贫富。世人若效明月怀,何来严霜逼愁雾?”诗人一首《明月抒怀》抒发出做人要有像明月一样的胸怀,有此等胸怀,尊、富也好,卑、贫也罢,不愁没有一个好心态。而诗人在另一首《月光曲》里更是借月发挥到了极致:“月光似水水如花，洒洒潇潇入万家。谙得东山光一抹，清清白白走天涯。”激励人们做人做事要像月光一样清白无暇。这不禁使我想起诗仙李白《把酒问月·故人贾淳令予问之》：“青天有月来几时？我今停杯一问之。人攀明月不可得，月行却与人相随。皎如飞镜临丹阙，绿烟灭尽清辉发。但见宵从海上来，宁知晓向云间没。白兔捣药秋复春，嫦娥孤栖与谁邻？今人不见古时月，今月曾经照古人。古人今人若流水，共看明月皆如此。唯愿当歌对酒时，月光长照金樽里。”其实，在咏月的古诗词海洋里，北宋著名词人张先也算一个，他在《菩萨蛮》中云：“明月却多情，随人处处行。”乃千古不朽。我读蒋志华先生的诗词喜欢与古诗词一起品味，越品越觉得他对明月的情丝一点也不亚于故人。难怪有读者说，蒋志华先生的诗词有唐宋大家的遗风。你看，他的一部《步月随草》，竟有五分之一以上与明月有关，仅“明月诗情”一章中就收入了 23 首诗。诗人或把酒问月，或对月当歌，或望月遥想，或月下漫步，无不是借月抒怀，修身养性。这一切都源于诗人一生与月结下的不解之缘：小时候“母亲月光衲鞋，多少辛劳；工作时月色赶路，多少里程；月窗下捉笔耕耘，多少深夜；晚年月影闲步，多少潇洒”……有道是创作源于生活，高于生活，诗人一生艰苦奋斗，一路坎坷走过来的岁月，铸就了激昂的创作热情，夯实了深厚的创作功底。

《步月随草》以“明月诗情”开篇，既有对明月清风的赞叹、时代风云的感慨，也有对四时节令的抒情、茶事茶道的品味，更有对大好河山的情怀、对人生征途的追忆。所以在我看来，《步月随草》和《清风吟草》、《九峰闲草》一样，是一部韵律讲究的好诗集，更是一部难得的人生励志书。“旧说人生七十稀，今谈百岁会纵期。垂恩昨日深深揖，善待今天淡淡祈。知足当铭流去岁，明途莫怨晚来曦。含饴弄膝培花事，与世包容笑风仪。”他的这首《感恩生活》道出了人生的真谛。

峥嵘多少事，岁月已成歌。品味《步月随草》，令我百感交集，正是黄亚洲先生所说：“要看清前方以及看清人心，不需要热烈的太阳，月光足矣。”

（原载 2014 年 2 月 28 日
《中国城乡金融报》、3 月 27 日《联谊报》、
4 月 3 日《浙江工人日报》）

拜读金融家所赋诗词有感

骆光寿

志坚所为万事通，华溢所至百行精。

奇迹，实在是奇迹！一位金融家退休后居然赋诗作词1000余首。当我拜读了由浙江大学出版社出版的《清风吟草》、《九峰闲草》、《步月随草》三集，聆听了即将付印的《流岁词草》大致构思与作品内容介绍，深感诚服，惊叹不已！这位金融界走出的著名诗人，就是原中国农业银行浙江省分行的行长，我的恩师蒋志华。

本人才疏学浅，不懂诗词，但喜读爱看。蒋老师的诗作，我特别爱不释手，越读情趣越浓，越看感受越深。百感交集，主要体会有三：

一是文如其人。1000多首诗词涉及内容包罗万象。有对伟人先贤、名杰志士的讴歌；有对名山大川、雄关奇峰的礼赞；还有对烟云往事、趣味人生的评论；更有对地域风情、旅游景点的赞颂。诗情词意一根红线贯穿着其人品言行。本人曾在他领导下的农行从业十余年，感受深刻的是他为人严谨、作风清廉；爱心亲民、平易近人；见多识广、业务精通。这些受人尊重的美德，在众多诗词中处处体现，时时展示。文如其人确实让读者心悦诚服。

二是理出其情。诗词言志通情。蒋老师的诗词特色鲜明，既重实言情，又浪漫言趣；既生动活泼，又严谨创新。情理、情意、情怀、情趣都源于一个理，情理通达。例如，他的作品中有关本省各地市县的地域风情篇幅不少，浓郁的风土人情和新鲜事件都成为诗人抒发情怀的主题。我是义乌人，本市的名景趣事就有十余篇幅，读来有着特殊的亲切感。原本一桩平常之事，一处平常之景，但诗人妙笔生花，有着奇特、美妙、快乐之感，神笔之下情趣横生，其乐无穷。

三是读感其悦。蒋老师的诗词，既讲求格律韵味、传承古典，又讲求标新立异、独具风格。读起来朗朗上口，看罢余兴未尽。首先给人以美的享受。无论是写景叙事，都让读者产生身临其境的感觉。其次给人以热的冲动。他热爱祖国、热爱生活、热爱大自然、热爱推动社会进步的人和事，在讴歌中让读者产生共鸣，萌发积极奋发的意念。再次给人以志的召唤。他的每首诗词都有鲜明的主题，在叙景叙事之中必然画龙点睛般地提炼出给读者启迪的精髓。我视蒋老师的诗词为富有民族文化底蕴、艺术特色的瑰宝，富有时代节奏内涵、催人奋进的文典。

益师良友，人生之巨大财富。我有幸受恩师器重抬爱，并以良友处之，实在是极佳的学习机遇。我衷心祝愿蒋老师老当益壮，跃马扬鞭，耕耘出更多的佳作，奉献社会，教育读者！

2014年3月12日

余热只为鼓与呼

——读老委员蒋志华诗集有感

陆宏强

出差归来，案头放着一个快递，打开一看，原来是浙江省农行原行长蒋志华先生的诗集《九峰闲草》，这是继两年前他的《清风吟草》后出版的第二本诗集。

初识蒋行长，当溯及2003年九届省政协开局之年，他从省农行转岗到省政协农业和农村委员会，担任常务副主任。作为一个进政协机关不到两年的专委会工作人员，我更多的时间是与专委会的主任们在一起共事。当时只知道他是省农行的领导，金融方面的专家，但不曾想，他也是赋诗填词的高手。我不知道他在五年的履职生涯里究竟撰写了多少诗词歌赋，直到在收到他的第一本诗集《清风吟草》后才得以一见，并得以在那情味隽永的绝句辞赋中追溯一位年近七旬的老人的心路历程。

无论是《清风吟草》还是《九峰闲草》，既有对名山大川、雄关名楼的礼赞，如“北柱险览群山小，名岳绝塞古来稀”(《登恒岳》)，也有对伟人先贤、女杰名士的讴歌，如“诗长人生短，巨篇千古吟”(《又去杜甫草堂》)。很多诗词记录了作者的经历，同时也抒写他的人生感怀，其诗意词华，时而飞扬摩荡，时而轻盈随宜，且多于篇末点题、结三联升华，以致曲终奏雅、余韵袅袅。“两袖清风在，何止值万金”(《江上清风》)，“风雨梳年情不老，播春更寄瑶池好”(《蝶恋花·情系千岛水》)。读蒋行长的诗词，当是一种享受，这种享受，除了韵律之美外，也是人生哲理意味深长的启迪。

蒋行长的诗词，清晰地记录了 2003 至 2007 年五年里他和农委委员们的履职路程。他曾以“情、真、实、乐”四字为题写了四首七言诗——《建言四首》，当是他和九届省政协农业和农村委员会的主任及委员们真实的履职心迹写照。“建言当是枫林晚，轻重冷暖可问天”(《情》)，“世上最难写真篇，人间最贵闻真言”(《真》)，“五年光阴不虚度，余热只为鼓与呼”(《实》)，“心系民生万般乐，一树碧玉乘东风”(《乐》)。在省政协五个春秋的光阴里，正如诗中所描绘的，“余热只为鼓与呼”，他们正是这样实实在在、无怨无悔地行使着自己的职责的。

我有幸为他们这五年的政协履职工作服务，也见证了这一届农业和农村委员会委员们为浙江省农业发展、农村繁荣、农民致富的默默付出。这五年里，浙江省的“统筹城乡发展”和“社会主义新农村建设”全力推进，“建设海洋经济强省”蓄势起步。这五年里，东至嵊泗海岛，西到开化深山，北起长兴夹浦，南临苍南霞关，都留下了委员们深深的足迹，“建设海洋经济强省”，连续五年跟踪调研，足迹踏遍浙江海岸；“粮食安全体系建设”，冒酷暑进粮库、粮企调研，并远上东北粮食基地考察；“统筹城乡发展”和“社会主义新农村建设”，深入田间地头、乡村集市调查；“农业生产者互助合作保险”，直接与农户、渔民面对面访谈；“新安江水源和水质保护”、“南太湖浙江水域开发利用”，引起了国家有关部门的重视……蒋行长参加了几乎所有的这些省内外调研和考察活动，他用诗词记录下了很多活动过程，“当年秦皇欲论剑，悔输岁流谁与平”(《宿岱山》)是在岱山“海洋经济”调研时发出的感叹；“大观园里蔬菜笑，胜过江南三月春”(《寿光见闻》)是在山东寿光考察“农民专业合作社”时发出的惊喜；“几度春秋几梦绕。不负当初，依旧风姿俏。众护源头休发藻，和谐生态亲民调”(《蝶恋花·情系千岛水》)是为千岛湖水源保护发出的不懈呼吁。这些文字，记载了九届省政协农业和农村委员会委员们五年里履职生涯最值得纪念和回味的点点滴滴。

2008年十届一次浙江省政协全会期间的一

个下午，九届省政协农业和农村委员会的主任们与省政协原副主席张蔚文以及部分十届省政协委员在一个杭州郊区的农庄聚会，大家回顾过去，展望未来。会议开始不久，鹅毛大雪纷纷而下，天地之间一片洁白，不久便银装素裹，分外妖娆。那以后，我送走了蒋行长们，迎来了新的主任和委员们，也开始了新的工作。这过去的五年，对于蒋行长们漫长的职业生涯来讲，也许不过是收官的五年，但这五年，真的可以用这八个字形容——“曲终奏雅、余韵袅袅”。无论是他们履职的热情和真挚，还是他们为人的平易和真诚，无论他们对政协工作的认真，还是对每个人的尊重，都让我感慨万千，受益非浅。

岁月匆匆，如今又到了十届浙江省政协的届末之时，我不由得想起蒋行长的那首《诉衷情·政协抒怀》：“事年花甲气心融，梅寄晚香浓。业无豪言壮语，只望挺邦风。陈计策，进民恫，举由衷。试竿翁钓，明月生怀，浩瀚晴空。”这既是他的自画像，也是那么多政协委员们的真实写照。从中不难看出他们这一辈政协委员的情怀和责任，也使我生出由衷的敬佩和感动，能与他们共事，当是我辈之幸。

（原载2012年9月13日《联谊报》）

读蒋志华行长《六十书怀》有感

吴　珊

人生如登山，
心急步履蹒。
半亭当舞剑，
余峰慢慢翻。

在充满竞争的今天，对成就的期望、失败的担心让人变得浮躁，蒋行长作为策马疆场多年的奋斗者，诗中的那份淡定给人启发。做人做事就是不断战胜自己，但欲速不达。“半亭舞剑”既是回望和享受成功，也是为继续的征程积蓄力量。后面的路更高更险，但站在半亭之上，高峰就变成了小坡，这样的眼界使人从容自信。这时的登山者已不是一个竞赛者，而是游戏者，他以不再功利的心态一步步地翻越自己内心的余峰。每个人人生的山峰不一样高，内心的山峰也不一样高。蒋行长将六十岁年的思考放在诗里，让我提前十几年就有幸看到。他六十岁时登上了自己的半亭，我想我应该现在就已经站在人生的半亭，后面悠然而行的是自己心里的余峰，走到哪并不重要，关键是感受攀登的快乐、好好欣赏山上的风景。

2009年秋

读《九峰闲草》

刘晓春

一卷读罢有所思，
于今行吟欲何之？
卅年砥砺思量遍，
尤忆灵峰初识时。

2012 年 8 月

【注】 “灵峰”指温州雁荡山灵峰。三十年前刘君与余在灵峰山下开会相识。

读《步月随草》有感

吴　珊

谁道桑榆晚，
霞美胜花开。
勤耕笔不辍，
收获自然来。

2014 年 1 月

读蒋公《步月随草》有寄

应根淼

笔下清风三千里，
纸上雅韵百万诗。
山川屐履皆美画，
春秋华光尽奇思。
有书陋室生春意，
无字精神去嵯迟。
何缘细读三草句，
常叹妙语满瑶池！

2014 年 1 月

时任中国农业银行副书记、副行长韩仲琦批示

志华同志做人做事均堪称楷模。请人事部代我转告志华同志：保重身体，健康长寿。

2008 年 5 月 4 日

贺　信

志华行长：

你好！

看了你《九峰闲草》作品，深感你不仅是一位勤勤恳恳、两袖清风、待人诚恳、满腔热情、贡献一生的金融家，而且工作之余热爱诗词，不倦地写作，以诗陶性，以诗健体，诗作清新自然，是一个国学功底深厚的文学家。诗品、人品、气质分不开。愿你继续大笔挥洒在诗词艺术上攀极登峰，永葆青春！

张文琪

2012年8月5日

(张文琪系中国农业银行原副行长)

祝贺信

收到蒋行长寄来的《步月随草》新诗集，读后感受良多，你既是一个著名的金融家，又是一位伟大的诗人，是物质富裕、精神富有、“浙江梦”的真实写照！

俞仲达

2014年1月29日

（俞仲达系浙江省人大常委会委员、农业与农村工作委员会主任）

贺 信

志华老行长：你的诗写得不错。你在我的心底里是一位工作狂，不知疲倦地一心在工作上，身已退休心不退休，继续搞调查研究，向上级至中央提出可取的宝贵建议。可以说，你的各方面值得我学习，也是年轻人当之无愧的榜样！

你的老乡王德毅贺

2014 年 1 月

（王德毅系中国农业银行四川省分行原行长）

后　　记

《流岁词草》是由浙江大学出版社为我出版的第四本诗词集，是“清风(《清风吟草》)、明月(《步月随草》)、高山(《九峰闲草》)、流水(《流岁词草》)”四部诗词集的收官之作，与前三本不同的是，这一本是词集。本词集共收词牌八十三调，计词二百零三首。由于本词集记录了我七十余年的人生岁月，故名《流岁词草》。

词，是我国古代诗歌的一种，是可以配合音乐进行歌唱的乐府诗。它源于民间，始于梁代，兴起于唐代，经过五代发展，极盛于宋代。由于词与音乐有密切的关系，因此，每个词调都是“调有定句，句有定字，字有定声”，有固定的形式和格律，并冠有词牌名。词有声律的严格约束，所以历来把作词称为“倚声填词”或“按谱填词”。到了南宋，词渐渐脱离音乐而成为独立的文学体裁，但“填词”的方法一直沿用至今。

唐诗宋词是中国文学艺术宝库中的两颗明

珠。诗在唐代达到登峰造极的地步，正如鲁迅先生所言，好诗差不多已被唐人作完了。到了宋代，宋人在继承和发展唐诗的创作艺术方面更多更灵活运用在“词”这一诗歌体式上，使词在宋代获得了空前的繁荣。与诗相比，词最大的特点就是它长短交错、变化多端的句式，同时与它特定的体式、句式相结合，打破了中国古诗齐言的传统，并随着时代的变迁，为更自由得体、更细腻委婉的倾诉式抒情；或更豪情壮怀、更充满韵味的激情抒发带来了极大的方便，婉约豪放，阴柔阳刚，从而产生了特殊的艺术效果。王国维有几句精辟的论述：“词之为体，要眇宜修，能言诗之所不能言，而不能尽言诗之所能言。诗之境阔，词之言长。”

我一生喜欢唐诗，也热衷宋词。学生时代，读苏轼的一首《水调歌头》让我废寝忘食，“高处不胜寒”、“人有悲欢离合，月有阴晴圆缺”、“但愿人长久，千里共婵娟”等名句哲理深印脑海。岳飞《满江红》中“三十功名尘与土，八千里路云和月。莫等闲、白了少年头，空悲切”的豪壮情怀始终激励我做人做事，同时也萌发了填词的兴趣。初中时候写的《如梦令·上学》是我学习填词的处女作。年轻时作品不多，而且以小令为主，但每年总能留下一两首，年复一年，填词成了我诗情人生中的韵路一抹。特别是接触和学习毛泽东主席诗词以后，一代伟人，千古绝唱，“推翻历史三千载，自铸雄奇瑰丽词”（柳亚子先生诗句），为我们树立了继承和发扬祖国优秀传统文化的光辉典范，激发了我坚持创作的热情。于是，在阅读中吸取养料，在生活中捕捉灵感，在月光下锤炼字句，月转星移，不知不觉和词交上了朋友。退休以后，也许是在疲劳的奔波后选择的悠闲方式，居然对词如痴似迷，创作开始有了一些可点可数的收获，终于可以积句成集。难怪有人说：人类是离不开诗（当然包括词）的，也从来没有离开过诗。人诗意般的生活，紧张的时候可以消除疲劳，放松的时候可以释放自由；顺利的时候可以助你心情舒畅，遇到逆境时可以让你从容淡定；混浊中可以使人清醒，月光下可以看透人心。这可能是词的灵魂，词的魅力。

词虽有词牌所限，声律所制，但词足以表达人类生活的所有情感。我出生在山区的一个贫农家庭，七岁时父亲去世，靠母亲上山砍柴、下田耕耘抚养成人，是国家发给我人民助学金完成了初中和高中的学业，圆了读书的梦。七十多年生涯中，我种过田、砍过柴、烧过窑、管过财务、放过电影、搞过广播、当过记者、从事过农村金融事业，以及人民政协、决策咨询等工作，曾三次当过浙江省委派出的农村工作组组长，目睹了日新月异的时代变迁，经历了潮起潮落的风风雨雨，饱尝了短短人生的甜酸苦辣，接触了来来往往的芸芸众生，系上了生我养我和工作过的乡村情结，我把这些所见所闻、所喜所忧、所爱所憎、所思所虑，以词的形式记述下来，留作记忆，留给后代，献给社会。这本词集就这样记录了我的理想、意志、情感、愿望和追求；反映了一生求学、务农、当工、金融工作等的风雨岁月；倾注了我对祖国大好河山的无限深情和美好祝愿；表达了我对先贤先辈和时代风云人物的崇敬心意；融入了我对祖国、对社会、对故乡、对师长、对朋友、对亲人的感恩之情；展现了茫茫世界的千姿百态和人间真情；歌唱了晚年生活的津津乐趣和诗意人生的朗朗境界。不少作品是牵着情感、含着热泪甚至是淌着泪水磨成的；有的词则是淡泊励志或宁静思远，一字一句数到天明的心声。

“流光容易把人抛，红了樱桃，绿了芭蕉。”(南宋·蒋捷《一剪梅·舟过吴江》)面对流去的岁月，我无怨无悔；举目七彩的夕阳，我充满乐观。我非常赞赏著名作家、诗人黄亚洲先生的一段话：“我以前一直以为诗歌是年轻人的事，后来听到作家博尔赫斯说过这样的话：一个人到了70岁还在写诗才能称得上真正的诗人，于是才知道，到老了，还热爱并坚持的，才叫诗人。”人生如彩笔，可写七情笺。李杜童时读，诗魂老树牵。潜心追韵味，执著奋诗田。假我斜阳好，诗情伴晚年。“夕阳照我好人家，诗词百首年年富。”这就是我的诗情人生，也是我汇编本词集的阳光心力。

为了读者阅读方便，本词集按词牌名首个拼音字母顺序排列。极个别词由于内容需要，对词中个别字平仄作了调整，与词调声律略有出入，特作说明。由于水平有限，不足之处，诚请赐教。国学博大精深，在诗坛上我永远是个小学生。

我的几部诗集出版过程中和出版以后，始终得到了许多领导、专家、同事、好友和诗词爱好者的热情关心、支持、鼓励、鞭策，有的题写书名，有的作序，有的题词，各种书评见诸于报纸、杂志、网络、微信、微博、短信和信件，是我能够如愿完成“清风、明月、高山、流水”四部诗词作品创作的精神支撑，我将永远铭记在心。为表达我的真诚感激之情，我选择部分书评和贺信附录在本词集的正文之后，与读者共享。

本词集在出版过程中得到了一些著名词家的鼓励和指导，特别是原新华社香港分社副社长、原浙江大学党委书记、原浙江省人民政府经济建设咨询委员会主任张浚生先生在百忙之中亲自为词集题写书名并作序；中国著名的书法家美术家骆光寿先生、西湖印社副社长翁卫旗先生、中国金融美术家协会副主席黄东明先生精心为本书题词、篆刻、绘画，在此衷心地一一谢过！

蒋志华

甲午仲春于杭州

图书在版编目(CIP)数据

流岁词草/蒋志华著. —杭州：浙江大学出版社，2014.7

ISBN 978-7-308-13441-5

Ⅰ.①流… Ⅱ.①蒋… Ⅲ.①词(文学)—作品集—中国—当代 Ⅳ.①I227.8

中国版本图书馆CIP数据核字(2014)第137879号

流岁词草

蒋志华 著

责任编辑 张 琛

文字编辑 蔡圆圆

封面设计 刘依群

出版发行 浙江大学出版社

(杭州市天目山路148号 邮政编码310007)

(网址：http://www.zjupress.com)

排　　版 杭州金旭广告有限公司

印　　刷 浙江全能印务有限公司

开　　本 880mm×1230mm 1/32

印　　张 10.75

字　　数 127千

版 印 次 2014年7月第1版 2014年10月第2次印刷

书　　号 ISBN 978-7-308-13441-5

定　　价 38.00元

浙江大学出版社发行部联系方式 (0571)88925591；http://zjdxcbs.tmall.com